KB079922

_____로
삶을 편집하다

_____로
삶을 편집하다

서재윤 지음

예미

차례

Chapter 1
방황의 시기

Chapter 2
삶 속으로 들어가다

Chapter 3
세상 들여다보기—잡다한 이야기

Chapter 4
내가 착하게 살아가려고 노력하는 이유

여는 글

젊은 시절 모 중앙지의 콩트인 '생활 속에서'를 즐겨 읽었다. 서민적이면서 나의 정서에 맞아 공감도 되고, 분량이 짧아 부담 없이 읽을 수 있었다. 신혼 초기 피아노교습소의 피아노를 닦으면서 문득 나도 이런 글을 써서 한번 보내볼까 하는 생각이 들었다. 이면지에다 여러 번 쓰고 굿기를 반복하고서 초안을 완성했다. 못 쓰는 글씨지만 최대한 정성을 담아 원고지에 옮기고는 신문사로 발송했다. 날이 지나도 답신이 없자 내 글을 수없이 읽어봤고, 나는 생각했다. '글솜씨도 아닐뿐더러 시대적으로 정서가 맞아야 하는데 좀 동떨어진 내용이 아니었을까.'

그리고 이제 다시 용기를 내어 이 글을 세상에 내놓는

다. 글을 쓰는 동안에는 문맥은 맞는 건지, 존댓말이나 부호사용은 틀리지 않았는지 등 모르는 게 한둘이 아니었다. 그나마 맞춤법은 '아래한글 프로그램'에서 잡아주니 다행이었다. 8~90페이지 정도쯤 썼을 시점이다. 혹시 끝까지 잘못 쓸까 봐 고민이 되었다. 고등학교 국어교사로, 정년을 몇 달 앞둔 친구가 생각이 나 도움을 청하기로 맘을 먹었다. 그런데 혹시 글이 너무나 어설플까 봐 친구에게 부탁하기 전에 아내에게 먼저 한번 읽어 달라고 했다. 아내가 읽어 보고는 "어이쿠 참, 이게 뭐 창피야 자랑이야?" 하고는 "거슬리는 이야기가 나오기만 해 봐. 보이는 족족 다 찢어뿔끼다" 하는 것이었다. 이렇게 대충 검토를 받고는 친구에게 전화를 걸었다. 고맙게도 망설임도 없이 이메일을 찍어주며 보내보라고 했다. 이메일을 보낸 후 다음 날, 확인차 다시 전화를 했다.

"친구야, 이메일 확인해봤나?"
"아아, 보기는 했는데 나더러 어떻게 하라는 것인지……"

정신이 번쩍 들었다. '역시 내가 뭘 안다고 …… 완전히 엉터리인가 보네'라는 생각이 들었다. 그래도 지금까지 공들인 게 아까워서 "친구야, 그래도 뭐가 잘못되었는지는 좀 짚어 주마 안 될까?"라고 물으니 "아아, 그게 아이고" 하고는 머뭇거렸다.

"바쁘겠지만 잠시 만나서 설명을 좀 해 주면 너무 고맙겠는데."

이렇게 해서 식당에서 마주 앉았다. 소주를 한 잔씩 주고받다가 친구가 먼저 말을 꺼냈다.

"엑셀파일에다가 혼잣말인지 그냥 한 줄, 한 줄이고 무슨 내용인지 도통 이해가 안 되던데."

조금 설명을 듣고 나니 '앗! 엉뚱한 걸 보냈었구나' 하는 생각이 바로 떠올랐다. 파일명이 '회갑연'과 '회갑연62'로 비슷해서 '워드파일'을 보낸다는 것이 그만 실수로 기초자료파일인 '엑셀파일'을 보낸 것이었다. '엑셀파일'은 긴 시간 동안, 나만 알아볼 수 있는 내용을 평소에 생각날 때마다 짧게 짧게 한 줄씩 기록한 파일이다. 이 내용을 설명

하고 친구도 나도 크게 한바탕 웃고는 다음 이야기로 넘어
갔다. 이제 잘못 보낸 걸 알았으니 지금 당장 다시 보내고
받은 이후 친구로부터 어떤 매가 돌아올지가 궁금해졌다.
그리고 십여 일 뒤 친구에게서 연락이 왔다. 친구는 "너 쓰
고 싶었겠더라"라며 용기를 북돋아 주었다.

　이 글을 쓰면서 느꼈던 솔직한 심정을 한 번쯤 말을 해
야 좀 덜 창피하고 계속 글을 써 나갈 수 있을 것 같다. 살
면서 해온 수많은 꼴통 짓들까지 쓸까 말까 고민도 하다가
가급적이면 쓰기로 마음을 먹었다. 있는 그대로를 쓰다 보
니 지난 생활들 동안 너무나 철부지였고, 건방졌고, 망나
니였다는 것을 스스로 느끼게 된다. 이 생활 글의 자료들
을 6여 년 준비하면서도 '어떻게 이럴 수가 있어'라고 생각
을 많이 했는데, 자료들을 한 줄 한 줄 그으면서 구체적으
로 옮겨보니 더더욱 부끄러운 마음에 '글 쓰는 것을 포기
할까'라는 생각도 참 많이 들었다. 하지만 스스로 자신을
타이르며 '과거는 과거일 뿐이야, 현재가 중요한 거야'라고
마음을 다잡았다. 방황의 시기를 거쳐 삶 속에서 치열하게
살아온 한 사람의 인생 이야기라고 생각해주시기를 부탁
드린다.

Chapter 1

방황의 시기

평범한 가정에서 태어나 보통의 삶을 살아가는 전형적인 일반인이다. 조금 다르다면 성장기에 사서 고생했고, 이로 인해 약간의 다양한 경험을 거치면서 나 자신을 깨닫게 되었다. 성인이 되어 직장생활도 해 보고, 지금도 장사를 하며 살아가고 있는 한낱 생활인이다. 친구들과 어울려 열심히 잘 놀고 행동도 거의 같이한다. 노는 일은 비할 데 없이 재미있다. 또 조금 다르다면 이렇게 재미있게 노는 중에도 마음이 편하지만은 않으며 내 가슴이 소용돌이치고 내 마음 어디에선가 나를 끌어당긴다.

어릴 때의 기억

    인생 최초의 기억은 다섯 살 때 이사를 하면서 달구지 뒤를 따라가는 모습과 조그마한 초가집이 과수원 내에 있었던 기억이 어렴풋이 떠오른다. 초등학교 거리가 5리쯤 되었는데 운 좋은 날은 급식으로 빵을 싣고 가는 리어카를 밀어주며 빵을 하나 얻어먹는 재미가 쏠쏠했다. 앙꼬도 없는 투박한 빵이었지만 그 맛은 지금도 비길 데가 없다. 하루는 엄마가 연근 반찬으로 도시락을 싸 주었는데 먹고 싶은 마음에 등교하면서 돌무덤 뒤에서 해치우고는 지각을 해서 선생님께 혼쭐이 났다.

✻✻✻ 당시의 부모님들은 대체적으로는 용돈의 개념이 없었다. 과외수업비가 한 달에 400원이었는데 일찍 받고 늦게 받고 해서 두 달에 세 번을 받아서 맛있는 삭힌 감을 사 먹었다. 아마 이 짓이 부모님의 등골을 빼기 시작한 시점이 아닌가 싶다.

✻✻✻ 부모님이 자그마한 과수원을 운영하였는데도 우리 집 사과보다는 친구들과 어울려 남의 집 과일을 서리해 먹는 맛이 더 좋았다. 한번은 밭 주인에게 들켜 혼쭐만 나고 말았지만 요즘 세상 같으면 어떨까? 각박한 지금보다 먹을 것은 귀했지만 그래도 그 시절이 그립다.

✻✻✻ 어느 날 아버지의 친구분이 우리 집에 왔다. 담배 필터가 있는 고급 담배를 피우면서 필터 없는 담배를 피우는 아버지를 보고 "만섭아! 이 담배 한 개비 줄까?" 하면서 아버지를 놀렸다. 특히나 그분은 내 여자 동기의 아버지라 어린 나이인데도 자존심이 엄청 상했다. 우리 아버지는 이렇게까지 아끼면서도 비록 용돈은 주지 않았지만, 학비와 책값은 미루는 법이 거의 없었다.

✳✳✳ 선배들은 성적에 따라 대구 시내 학교로도 입학이 가능하였지만, 우리 때부터는 교육행정의 변화로 자치군 내의 중학교를 벗어날 수가 없었다. 그러다 보니 경쟁이 조금 있어서 떨어지는 경우가 더러 있었다. 발표 날 아침 아버지와 나는 사과를 한 리어카 싣고서 밀고 당기며 청과시장으로 갔다. 판매를 의뢰한 후 중학교 운동장으로 가서 벽에 붙어 있는 하얀 모조지의 합격자명단을 훑기 시작했다. 먼저 이름을 확인하신 아버지의 첫 말씀은 "너 뭐 먹고 싶노?"였다. "예, 짜장면예." 처음 먹어보는 짜장면, 꿀맛에 비유하랴.

✳✳✳ 나를 찜(특별히 사랑해)주신 선생님이 지나친 사랑으로 나의 빰을 때리는데 고개를 돌려버려 귀 고막이 터졌고 처음으로 시내에 있는 병원을 가게 되었다. 지나가다가 대학병원을 보고는 그 크기에 놀라 나도 모르게 "와아!" 하고 탄성이 튀어나왔다. 선생님께서는 나와 우리 부모님께 미안하다고 말씀하셨지만 그래도 그 선생님이 가장 좋았고 기억에 남는다. 선생님께서 정년이던 해에 마침 내가 동기회 일을 맡고 있어서 ㅎ호텔에서 동기들과 조촐한 자리를 마련해 드렸더니 그 당시를 기억하시고는 "귀 괜찮

아?” 하며 웃으시는데 옛날의 사랑을 다시 한 번 느낄 수
있었다.

지나친 욕심은 당하기 쉽다

중학교에 들어와서 공부는 흥미가 없었고 짤짤이가 너무 신이 났다. 쉬는 시간은 물론이고 수업시간에도 선생님의 눈치를 봐가며 열심히 흔들었다. 밑천이 필요한데 돈은 없고 부모님께 샀다고 검사받은 전과나 수련장을 반값에 팔아넘겼다. 심지어는 책가방에서 책을 집어내고 사과를 가득 담아 와서 친구들에게 팔아 밑천을 만들기도 했다. 선도부에 들켜 많이 혼나기도 했지만, 그 시절엔 짤짤이가 그렇게도 재미있었나 보다.

＊＊＊ 친구 세 명이서 친하게 지냈다. 그 친구들은 찐빵도 잘 사 주고 비싼 교복에 씀씀이도 좋아 부자처럼 보

였다. 그중 한 친구가 자기 집에 아버지가 기억하지 못하는 금고가 있는데 열쇠가 없어 열지 못한다고, 너희 공납금 낼 돈 나를 주면 그 돈으로 열쇠를 사서 금고를 열어 공납금도 내고 남은 돈으로 우리 같이 빵도 사 먹고 영화도 보고 즐기자고 했다. 너무나 솔깃해서 나를 포함한 두 친구는 그 친구에게 공납금을 전했다. 정말로 빵도 사 주고 하며 약속을 지켰다. 그런데 시간이 흘러도 이런저런 이유로 금고를 열 수가 없다고 했다. 급기야 선생님께서 공납금을 내지 않은 우리를 의심하고는 각 가정으로 확인에 들어갔다. 가장 먼저 학교로 찾아오신 아버지는, 공납금을 전한 친구의 아버지로 학교의 육성회장님이었다. 교무실로 들어서자마자 서 있던 우리의 뺨을 날렸다. 써버린 공납금을 누가 대납했는지는 기억이 나지 않는다. 성장해서 느낀 점이 있다. 정도에 넘게 이익을 보려다가는 당한다는 것, 부모·자식 간 외에는, 형제간에도 각 가정이 꾸려지면 서로 배려하기가 쉽지 않다는 것을.

농땡이의 길로 들어서다

　부모님은 공부와는 거리가 먼 자식인데도 꼭 대학을 가야 한다며 인문계 진학을 희망하셨다. 성적이 뻔하니 지원하는 곳마다 낙방이었다. 하는 수 없이 '재수를 하라'고 하셨다. 이때부터 어설픈 농땡이가 시작되었다.

　＊＊＊ 촌놈이 대구 시내로 유학길에 오른 것이다. 보습학원에 등록하고, 고등학생인 누나의 자취방에 얹혔다. 등교 첫날 얼떨결에 앞자리에 앉았다. 실장을 뽑는데 줄반장도 못 해본 내게 "너 자세가 되었어" 하시며 실장을 하란다. 감투에 시건방이 들어 노는 것이 더더욱 재밌었다. 학원 옆에 분식 가게가 있었는데 이곳이 농땡이들의 아지트

가 되었고, 등교하자마자 출석만 부르고 나면 이곳으로 모여들었다. 개비 담배도 사서 피우며 당구를 배우기 시작했다. 당구는 너무나도 재미있었지만, 게임비가 문제였다. 눈만 뜨면 돈 속일 궁리만 가득했다. 잠자리에 들어 잠을 청하면 잠은 오지 않고 천장에 당구대가 하나 그려지고 큐대가 왔다 갔다 한다. 이토록 치고 싶은데 돈은 없고, 주인에게 부탁해서 밤새도록 당구장을 깨끗이 청소하겠다며 밤을 지새우기도 했다.

＊＊＊ 우리끼리의 단합이 이루어져 주말에는 남산동으로 원정까지 가서 남산동 내의 작은 조폭 상록파와 어울렸다. 두목이 '정실이'였는데 여자였다. 가끔은 이 두목의 지시에 따라 "뛰어" 하면 각목 등을 들고는 상대 적을 향해 "와아" 하고 몰려다녔다. 요즘 생각해보면 두목이 결혼한 여자라서 '실이'라고 부르지 않았을까 싶다.

가출을 반복하다

입학시험을 치렀다. 여기저기 다 떨어지고 최종적으로 ㄴ고에 입학했다. 여기서도 덩치가 크다는 이유로 서기를 시켰고 그 명목으로 학급비를 거두어서는 다시 짤짤이 재미에 빠졌다. 누군가의 신고로 탄로가 나서 모두 근신 처분이 내려졌다. 그 벌로 화단의 흙을 파고 묻기를 반복하다가 틈만 나면 담 너머에 있는 낱담배 가게로 가서 담배 연기를 뿜어댔다. 학생과장 선생님의 불시 순찰로 화단에서 사라진 우리를 확인하고는 우리가 있는 아지트를 덮쳤다. 도망을 쳐서 매는 피했지만 바로 퇴학처분이 내려졌다. 입학한 지 불과 두 달 정도 되었을 때다. 부모님께는 말씀을 못 드리겠고 액자 속에 숨겨져 있던 아버지의 비상금 오백 원짜리 지폐 석 장을 훔쳐서 집을 나왔다. 며칠이 지나니 돈도 떨어지고 집에 들어갈 자신은 없고 구인광고를 들추어 화원에 있는 ㄷ하드(아이스크림)공장에 취직을 했다. 기숙사가 있으니 먹고 자고는 해결이 되었다. ㅎ여고에서 퇴학당한 여학생도 한 명 있었다. 우리 둘은 주야 근무를 같이했고, 그 여학생이 내 옷도 빨아주며 가까워지기 시작했다. 하루는 야간 근무를 둘 다 땡땡이치고 비번인 선배의 자취방으로 가서 하루를 묵었다. 당시 선배는 28살로 우리보다 열 살 정도 많았다. 세 명이 누운 배치는 기억이 나지 않으나 그 여학생의 깊은 곳을 향하며 숨길을 가다듬었다. 그곳은 처음인지라 떨리는 손으로 숨을 죽여 가며 개미가 나무를 타듯이 고물고물 한참을 기어 올라갔다. 손이 잡혔다. '아마 막는다고 뿌리치나 보다' 하고 생각하는데 헉! 손이 투박하지 않은가. 28살 선배의 손이라는 것을 직감하는 순간 몸부림치는 척 돌아누우며 그냥 잠을 청했다. 잠은 제대로 오지 않았고 어둠만이 걷히고 있었다. 그러고는 누가 먼저인지 모르나 회사를 나왔다. 그 여학생이 그리웠다. 찾아야겠다는 생각에 회사 사무실에 가서 수소문해 보았으나 알 길은 없고 그나마 집 주소만은 적어 나올 수 있었다. 찾아 나섰다. XX동 1084번지 OOO,

지금도 정확히 기억하는 주소와 이름이다. 이 주소로 골목 골목을 누볐는데 같은 번지가 여러 집이었다. 동사무소를 찾아가서 어떤 설명을 해서 자료를 볼 수 있었는지는 기억 나지 않으나 주민등록 파일철을 열람하는 데에는 성공했다. 당시에는 전산시스템은 물론이고 미성년자의 경우 사진도 붙어 있지 않아 어느 집인지 도저히 구별할 수가 없었다. 20여 일 일한 대가를 받아 나온 터라 아직은 약간의 돈이 남아 있었지만 외롭기도 하고 집 생각이 많이 났다. 처음으로 번 돈은 부모님의 속옷을 사 드리면 좋다는 말을 들은 적이 있다. 속옷을 준비하고 용기를 내서 집으로 전화를 했다. 다행히도 엄마가 전화를 받았다. "야! 이놈이 살아 있었구나. 용서하겠으니 얼른 집에 들어와서 방법을 찾아보자"고 했다. 집을 들어갔더니 어이가 없으신지 정말로 꾸중은 별로 안 하고 다른 학교에 전학할 수 있는 길을 찾아보자며 동분서주였다. 며칠을 집에서 지내니 미안한 맘도 들고 답답하기도 하고 또다시 집을 나왔다.

　＊＊＊ 침산동의 작은 공장에 프레스공으로 취직을 했다. 밥상 판 다리를 고정하기 위해 볼록한 금속판을 만드는 공장이었다. 평평한 얇은 금속판을 금형 기계에 넣어

밟으면 다리를 지탱할 수 있는 모양이 만들어졌다. 신기하고 재미도 있었지만 꽤나 힘들었고 자는 방이 골방이었는데 환경이 매우 지저분했다. 며칠을 자고 나니 사타구니에 습진이 생기고 하루가 지나고 나니 주요부위까지 번졌다. '아아 이러다간 장가도 한번 못 가 보고……'라는 생각에 걱정이 되었다. 집으로는 돌아가야겠는데 도저히 용기를 낼 수가 없었다. 고민, 고민하다가 잔꾀를 내어 친구에게 나의 위치를 슬쩍 흘렸다. 작전은 성공이었다. 엄마가 공장으로 찾아왔다. 슬며시 도망가는 척하며 붙잡혀 집으로 끌려갔다. 한참 동안 병원에 가고 약을 먹고 바르자 환부가 꾸덕꾸덕해졌다. 이런다고 한동안 집에 갇혀 있으니 좀이 쑤셔서 답답해 죽을 것만 같았다. 양계장의 사룟값으로 비축해 놓은 십만 원권 수표를 발견하고는 그걸 가지고 도망을 쳤다. 아마도 형이 나를 끊임없이 감시했는지 바로 알고는 나를 쫓기 시작했다. '다리야 날 살려라' 하고 있는 힘을 다해 도망을 쳤다. 뒤에서 "도둑 잡아라" 하는 형의 목소리가 들렸다. 그 후 누군가가 나를 쫓아왔고 단숨에 나를 잡고는 형에게 넘길 태세였다.

"아닙니다. 도둑이 아니고 뒤에 따라오는 사람은 형인

데 내가 잘못을 저질러……"

"알았다 빨리 도망쳐라, 이놈아."

아무리 뛰어도 대학생인 형을 따돌리기에는 역부족이
었고 거의 다 따라잡혔다. 골목길을 돌자마자 순간적으로
무작정 남의 집에 들어갔다. 마침 빈집인지 인기척이 없었
다. 방문은 열려 있었고 농 안으로 숨어 들어갔다. 숨을 죽
이고는 바깥 동태를 살폈다. "이 새끼 어디로 간 것이야"
하는 형의 소리가 들렸다. 한참을 기다리자 조용해졌다.
그 길로 아무런 생각 없이 부산으로 향했다.

어디서든 서열은 존재한다

갖고 나온 돈은 거의 바닥이 났고 앞길이 막막했다. 직업소개소를 찾아갔더니 서면의 'XX궁중깍두기' 식당을 소개해 주었다. 주로 식당 청소와 배달하는 일이었는데 별로 재미가 없었다. 며칠 일을 하고는 다른 곳으로 옮겼다. 연산동의 룸살롱, 보수동의 요정, 서면의 주점(지금의 나이트클럽) 등에서 웨이터로 일을 했다. 내 적성에 맞는 것 같았다. 요정은 방이 너무 커서 청소하기가 힘이 들었다. 한 푼을 얻어 볼까 싶어 수건을 들고 화장실을 따라다녔지만, 손님이 직접 주는 경우는 거의 없었고, 아가씨가 받은 것을 조금 얻는 것이 전부였다. 수입(팁)은 주점이 가장 좋았다. 술값을 웨이터들이 직접 받고 술과 안주를 가져다주면서 잔돈을 건네는 시스템이다. 주문을 받을 때에 미리 앉은 손님들의 관계를 눈치껏 살펴보고는 연인관계다 싶으면 잔돈을 줄 때에 깊은 인사를 하며 "이 잔돈 제가 가져도 되겠습니까?" 하면 십중팔구 "응, 그래 가져"라는 말이 나온다. 이 잔돈을 일이 끝나고 정리해보면 일당보다도 오히려 많았다. 이때만 해도 번호표나 웨이터에게 지정된 테이블이 없어서 웨이터들도 이런 부류의 손님을 받으려고 때로는 서로 으르렁거리기도 했다. 이 웨이터 세계에도 서열이 존재했다. 한번은 뒤에 들어온 박 군이 이런 팁에 욕심을 부리며 가로채다 먼저 들어온 선배 웨이터한테 직사하게 얻어터지는 일도 있었다. 웨이터 세계에서도 서열이 존재하듯, 어쩌면 세상살이는 더할지도 모른다. 이처럼 알게 모르게 서열은 평생 주어지는 것 같다.

＊＊＊ 나이가 한참 들어서 복지 관련 일을 하면서 '중위소득'이 복지 혜택의 기준이 된다는 것을 알았다. '중위소득'이란 총가구 중 소득순으로 순위를 매긴 후 정확히 가운데를 차지한 가구의 소득을 말한다. 아마도 어쩔 수 없는 방법이 아닌가 생각된다. 이것은 피할 수 없는 우리 모두의 현실이다. 내 자신이 청년, 중년, 장년을 지나 나이

가 들었을 때, 얼마나 열심히 살아왔나를 가늠하는 척도인 셈이다. 과연 나의 순위는 어디쯤일까를 생각하며 오늘 하루도 최선을 다해 맡은 일에 충실하자.

건방진 나의 행동

박 군처럼 얻어맞지는 않았지만 나도 연인관계의 손님을 받으려고 발버둥을 쳤다. 이러다가 웨이터들끼리 멱살도 잡고 잡히며 험상궂은 일이 자주 일어났다. 젊은 피가 흐르는 웨이터들의 세계가 좀 거친 것도 사실이다. 내마음이 여리긴 하지만 뿔뚝 성질이 있어서 '계속 이 일을 하다가는 큰일이 일어날 수도 있겠다'라는 생각이 들어, 어떤 잔꾀를 썼는지는 기억이 나지 않지만 집에는 들어왔고 기죽은 듯이 한참을 지냈다. 또 몇 날 며칠을 집에 틀어박혀 있으니 좀도 쑤시고 친구들이 보고 싶어서 안달이 났다. 부모님의 감시가 소홀한 틈을 타서 밖으로 나가 친구들을 만나서 또 술을 퍼마셔댔다. 늦은 시간대에 한참 선배도 같이 어울려 수다를 떨었다. 술이 몇 순배 돌고는 모두 거하게 취해서 선후배가 구분이 안 될 지경에 이르렀다. 아마도 내가 선배한테까지 말을 좀 시건방지게 지껄였는지 "이 짜쓱이 까불고 있어" 하며 뺨을 후려갈겼다. 분위기가 험악해지자 주위 사람들이 뜯어말려서 일단 진정은 되었다. 그런데도 나는 분이 풀리지 않았다. 슬며시 선배한테 다가가 밖에 나가서 이야기 좀 하자고 꾀었다. 선배는 나를 따라 나왔다. 산 아래의 묘지에 다다르자 선배의 아구턱을 냅다 두 방 내질렀다. 그 자리에 꼬꾸라지는 모습을 보고는 '어이쿠, 죽은 것 같다'는 생각이 들어 술이 확 깨고 겁이 덜컥 났다. 집으로 도망치면 잡힐 것 같아 집 주위의 논두렁에 숨어 밤을 지새우고 오후쯤 되어 집으로 살금살금 들어가자 엄마가 "고모와 어떤 아줌마가 왔다 갔다. 야, 이놈의 XX야, 턱뼈가 부서졌단다. 너 우얄라 카노……"라신다. 알고 보니 고모의 옆집에 사는 몇 살 선배였다. 고모님의 중재로 치료비와 약간의 영양을 보충하는 조건으로 일단락은 되었다. 그 뒤에도 이마 찢는 사건, 손가락 물어뜯는 사건 등 부모님을 너무나도 힘들게 해 드렸으니 지금에 와서 생각해보면 이 진 빚을 살아생전 무엇으로 갚을 수 있으랴.

*** 다시 고등학교 시험을 보려고 했을 때는 입시제도가 바뀌어 처음 연합고사가 실시되었다. 해 놓은 공부는 전혀 없고 어느덧 입시 철이 다가왔다. 나는 자신이 없었지만, 부모님은 나를 인문계에 보내기 위해서 연합고사를 보라고 하셨다. 결과는 뻔했고 '고등학교'라는 명칭을 사용하지 못하고 '공업학교'라고 사용하며 학력은 인정되어서 검정고시를 보지 않아도 대학은 갈 수 있는 학교에 입학을 했다. 학급 친구들을 보니 대체로 재수는 기본이고 농땡이가 아니면 공부는 잘하지만 가정적으로 좀 어려운 친구들인 것 같았다. 여기서도 어떤 이유인지는 모르겠으나 실장을 하란다. 학급에 도움이 되는 일을 하기 위해 무슨 회의를 진행하는 중이었다. 그런데 뜻이 같지 않다며 건달 같은 두 놈이 의자를 번쩍 들고는 내 곁으로 다가왔다. 주위의 시선은 이쪽으로 쏠렸고 '밀리면 안 돼'라고 생각하며 순간 한 놈의 이마를 잽싸게 박아 버렸다. 코피가 흐르자 두 놈은 의자를 내려놓고는 자리를 피하는 것이었다. 상해사고가 났으니 어쩔 수 없이 선생님께 말씀드릴 수밖에 없었다. 교무회의가 열렸고 결과는 코뼈가 내려앉았지만, 학급 일을 하다가 난 사고이기에 내게는 책임을 묻지 않고 학교에서 마무리를 해주었다. '사고뭉치야! 언제나 철이 들려나?'

입영 열차에 몸을 싣고

　공업학교를 졸업하고 친구들은 취직을 하거나 대학으로 진학했다. 이것도 저것도 안 되는 나는 아직도 헤어나지 못하고 방황의 세월을 보내고 있었다. '뭔가 일자리를 찾아야지' 하며 이리저리 알아보고 있는 중에 입영 통지서가 날아와 입영 열차에 몸을 실었다. 기차가 출발하기 전까지는 헌병들이 배웅 나온 사람들의 눈이 무서운지 겉으론 공손한 것처럼 보였다. 기차가 출발하자마자 헌병들의 눈도 목소리도 커지며 욕설과 함께 군홧발이 춤을 추기 시작했다. 지금까지 내 뜻대로 자유를 누렸던 몸과 마음이 한순간에 얼음덩어리로 변해버렸다. 나중에서야 알았지만, 일부러 사회에서 가졌던 혼을 송두리째 빼고 군의 혼을 단숨에 불어넣기 위한 일종의 작전이었던 것이었다. 기차는 종착역에 도착했고 훈련소에 입소했다. 자대에 배치되는 날을 기다리는 동안 사역을 하고 부대에 들어오는데 차출 병을 모집하러 왔다고 한다. 이번에는 일반(단풍)하사 차출이라고 한다. 일렬로 세우고는 힘 좀 쓰겠다 싶으면 "너 나와, 너도 나와" 해서 필요한 인원만큼 데려갔다. '이제 죽었구나'라고 생각하며 수송차에 실려 하사관 학교로 끌려갔다. 일반 병보다 훈련 기간이 몇 배는 길다. 교육 기간이 길다고 '쉬는 시간이 많겠지'라고 생각하면 오산이다. 긴 만큼 얼차려가 더 많아지는 것이다.

＊＊＊ 통신병 하사로, 댐을 지키는 부대로 배치를 받았다. 원래는 댐 사무소였는데 이전을 하면서 부대가 되었다고 한다. 그래서인지 당구장도 탁구장도 있어서, 이게 군부대야 할 정도로 맘에 들었다. 하지만 첫 적응은 쉽지 않았다. 훈련소에선 육체적으로 힘이 들기는 했지만, 동기들이라 마음 상하는 일은 없었다. '일반하사'라는 게 직업군인도 아니고 일반 병과 같으면서 계급장만 하사를 달고 있으니 병들은 너나 나나 징집병이라 생각하고, 직업하사관들도 직업하사만 챙기고 일반하사는 일반 병 취급을 하다

보니 여기저기 어디에도 어울리지 못하는 물에 기름만 같았다.

*** 뒤에 이야기하겠지만 제대 후 부모님과 살던 집의 일부를 개조해 술집을 운영하던 때의 일이다. 어느 날 미안한 손님이 찾아왔다. 군대 생활 점호시간에 나한테 엄청 두들겨 맞은 ㅂ상병이었다. 내가 술집을 하는 줄은 어떻게 알았는지 제대는 했고 복학을 하면 시간이 나질 않을 것 같아 보고 싶어서 바로 찾아왔다고 한다. 이 말을 듣는 순간 미안한 마음도 잠시 너무나도 반가워 친구 사이가 되었고, 술잔을 주고받으며 당시의 추억에 빠져들었다. 이 친구도 그 당시를 회상하며 설명을 하는데 서 하사(나)를 갈구라는 고참병들의 지시가 자신에게 떨어졌고, 본의 아니게 임무를 수행할 수밖에 없었다고 한다. 똑똑했던 친구로 기억이 나는데 아마 지금쯤 꽤나 성공해 있으리라. ㅂ상병, 다음부터는 누가 시킨다고 나서지 마.

고문관 취급을 당하다

　자대 배치 후로 처음으로 유격훈련을 떠나는 날이 다가왔다. 여기서, 지금까지 살아오면서 너무나도 당연한 가장 어리석은 짓을 하고 말았다. 그 시절엔 짬밥을 많이 먹은 것처럼 보이려고 마이가리(가짜) 계급장을 달고 입소하는 경우가 더러 있었다. 나의 직속 선임 군번이 'XXX3'번이면 1번이라도 후임으로 보이게 'XXX4'번을 달고 가야 했는데 'XXX2'번을 달고 유격훈련을 다녀왔다. 이후로 선임이 나를 보는 눈빛이 달라졌다. 여기다가 기계치인 나는 통신장비를 다루는 기술은 문외한이었고, 때로는 전봇대에도 올라가서 고장 난 설비를 고쳐야 하지만 고소공포증이 심한 나는 꽁지를 빼야만 했다. 이러다 보니 맨날 당하기 일쑤였고 심지어 병들에게마저도 고문관 취급을 받으며 놀림감이 되었다. 또 한번은 상병급 병사들에게 불려나가서 얻어터질 뻔도 했다. 하루는 점호를 취하는데 한 병사가 말을 듣지 않는 것은 물론이고 오히려 나를 부리려고 들었다. 화가 난 나는 약이 잔뜩 오른 상태에서 이성을 잃고 엄청 두들겨 패고는 잠이 들었다. 다음 날에도 분이 풀리지 않았다. 무단으로 밖에 나가서 술을 한잔하고 들어왔다. 하지만 많이 취하지는 않았다. 주번하사관이 "이 자식이 무단이탈을 해" 하면서 뺨을 후려치는데 코피가 줄줄 흘러내렸다. 나는 약간은 고의적으로 코를 풀어서는 버리는 척하며 주번하사관의 얼굴에다 홱 뿌려 버렸다. "이놈 봐라"는 했지만, 주번하사관은 혹 사고가 날까 봐 긴장을 했는지 "야, 인마, 내무반에 들어가서 디비 자" 하고는 피해 버렸다. 다음 날, 점호에도 나가지 않고 계속 자고 있는데 누가 와서 나를 깨웠다.

"주번하사관이 식당으로 오라 합니다."

식당으로 갔더니 나와 주번하사관만이 먹을 수 있도록 사식처럼 차려놓고 밥을 먹자고 했다. 잘잘못은 묻지 않고 앞으로 잘 지내보자며 손을 내밀었다. 이후로는 군대 생활이 풀리기 시작했다. 부대 내의 당구장 출입도 가능했고 작은 부대라서인지 나보다 잘 치는 병사도 없었다. 이젠 틈만 나면 장교나 하사관들이 나를 찾아 당구를 치자고 했고 눈치도 크게 볼 필요가 없었다. 지난 유격훈련 때 마이가리(가짜) 군번이 먹혔는지 유격 조교들도 잘 사귀고 퇴소를 했다. 이것을 아는 병사들은 유격 입소 때면 나를 찾아와서 "서 하사님, 내일 유격훈련 들어가는데 취사병으로 좀 빼 주십시오" 할 정도였고 실제로 협조가 잘 되어서 빠지는 경우도 더러 있었다. 이쯤 되니 이제는 고문관이 아니라 고문이 되는 것처럼 나의 사기는 올라 있었다. 잠시 나의 기계치를 설명하면 어느 날 아들놈이 내 차를 갖고 나가서는 선루프를 열어 놓고 가 버렸다. 다음 날 출근은 해야 하는데, 비는 부슬부슬 오고, 닫는 방법은 모르고 마침 우산이 있어서 선루프가 열린 틈을 우산으로 덮고 운전을 할 정도다. 지금도 기계치와 고소공포증은 마찬가지다. 우여곡절 끝에 드디어 전역 날이 되어 버스와 기차를 번갈아 타고서 집으로 향하는데, 이제는 걱정이 좀 되기 시작했다. '앞으로 뭐하고 살지…….'

아내를 스치다

진저리가 날 만한 자식이지 싶은데도 부모님은 반갑게 맞아 주셨다. "이제 제대도 했고, 뭐하고 살끼고?" 하시는데 마땅히 떠오르는 게 없었다. 기술이나 있으면 직장을 알아볼 텐데 가진 것이라고는 빈털터리 맨몸뚱이뿐이다. "그래, 천천히 생각을 해보자. 며칠 쉬어" 하고는 밖으로 나가셨다.

뒤에 나오는 내용의 이해를 돕기 위해서는, 과수원의 집에서 현재의 집으로 이사 온 것과 집의 구조설명이 좀 필요하다. 자그마한 과수원이었지만 같은 규모의 논농사에 비해 소득은 괜찮았다고 한다. 그런데도 자식 넷을 공부시키느라고 빚이 눈덩이처럼 늘어나서 더 빚을 내는 것은 이자부담 때문에 걱정이 이만저만이 아니었다고 한다. 당시 만 원을 빌리면 이자가 월 500~600원 정도였다고 하니까 연으로 계산하면 60~70%의 엄청 센 이자를 감당할 수가 없어서 밭을 팔 수밖에 없었다고 한다. 빚을 갚고 나니 재산이 반으로 줄었고 살아가자니 수입은 있어야 하고 대학가의 방이 많은 여인숙 같은 ㄷ자 집을 샀다고 한다. 방이 12개에 담배포 같은 구멍가게가 하나 딸려 있었다. 이 시기에 생맥주가 유행이었다. 과거에 술집들은 두루 경험해봤고 위치가 대학가니까 '아, 이 담배포에 생맥주집을 열면 되겠구나'라고 생각을 하고 부모님께 이야기했다. "야, 이 녀석아, 젊은 놈이 무슨 술집이고, 안 돼" 하고는 나가버렸다. 어떻게 하면 설득을 시킬 수 있을까, 하며 한동안 고민에 빠졌다. 어느 날 무슨 기분 좋은 일이 있으신지 두 분 다 웃음기가 가득했다. 이때다 싶었다.

"엄마, 아부지, 생맥주는 술이 아니고 그냥 음료수입니다. 코쟁이는 목이 마르면 물 대신 생맥주를 마신다고요."

별 반응은 없고 적막만 흐르고 있었다.

"예, 그러면 할 일도 없고 그냥 옛날처럼 놀면 되겠네요."

말이 끝나기가 무섭게 "야, 이놈아, 생각 좀 해보자. 돈이 어디에 있노? 돈은 얼마나 드는데……" 하며 긍정의 모습이 보이기 시작했다. 이렇게 반강제의 허락을 얻어 내어 논마지기 하나를 처분하고서 집수리에 들어갔다. 담배포만으로는 너무 좁아 방을 하나 뜯어내고 논마지기 판 돈을 모두 쏟아부어 그럴듯하게 만들고 개업식을 맞이했다. 첫날이라서인지 손님들도 많이 오고 특히 친구들이 많이 몰려왔다. 친구들은 대체로 학생인지라 술값을 주는 친구도 있었지만, 첫날부터 외상을 그어대기 시작했다. 이렇게 하루 이틀이 지나고 여학생 두 명이 손님으로 들어왔다. 개업 집에서는 떡을 준다며 들어오자마자 떡부터 달라고 하고는 가장 기본을 주문했다. 십여 분 뒤, 자리를 일어서는데 은박쟁반의 떡은 깨끗하게 비워져 있었고, 생맥주 컵은 입도 대지 않았는지 치우려고 컵을 잡는데 찰랑거리며 넘쳐흘렀다. 이후 두세 차례는 더 다녀갔는데 하루는 한 여학생이 이렇게 말하는 것이었다.

"젊은 사람이 무슨 술집을 하고 있어요. 공부를 해요,

공부."

이 말을 남기고는 더 이상 나타나지 않았다. 이 중 공부하라고 말한 여학생이 지금 같이 살고 있는 세 아이의 엄마이다.

집에서 쫓겨나다

　술집은 시간이 지날수록 친구들의 아지트로 변해갔고, 밤늦게까지 퍼마시고는 친구들끼리 내지는 다른 손님과 싸우는 일이 며칠이 멀다 하고 일어났다. 약 열 달 정도 장사를 했지만 늘어나는 것은 손님과 친구들에게 받을 외상장부와 주류회사의 부채뿐이었다. 참다 참다 한계에 다다른 부모님이 "두 눈 뜨고 볼 수가 없으니 우리 눈에 안 보이게 공장을 다니든지 막노동을 하든지 이 집에서 나가라"고 하고는 술집을 폐쇄하고 열쇠마저 빼앗아버렸다. 군대 입대 전까지는 스스로 집을 나왔지만, 이번에는 쫓겨나는 신세가 되었다.

*** 가진 것은 없고 친구 집들을 돌아다니며 얻어먹기를 여러 차례, 이젠 더 이상 기댈 곳도 없었다. 어느 가게에서 빵 조각으로 배를 채우며 긴 한숨을 뿜어내는데 신문쪼가리가 눈에 들어왔다. 집어 들고는 구인광고를 샅샅이 뒤지기 시작했다. 포항 모 기업의 협력업체로 통신장비를 점검하고 수리하는 회사였다. 이력서는 물론이고 시험까지 보는 것이었다. 내가 나 자신을 아는데 당연히 합격이 될 리가 없었다. 발표는 끝이 났고 응시자들은 모두 빠져나갔지만, 나는 갈 데도 없고 그냥 사무실 앞에 혼자 쭈그리고 한참을 앉아 있었다. 과장이 지나가다 나를 보고는 물었다.

"다들 갔는데 너는 왜 여기에 앉아 있어?"
"아, 예, 저도 응시한 사람인데 갈 곳이 없습니다. 이 회사에서 받아 주실 때까지 이 자리를 떠날 수가 없습니다. 받아 주신다면 충성을 다해 열심히 일하겠습니다."

과장은 "그래, 용기가 되었구나. 일단 들어는 와봐라" 하고는 나의 시험지를 들추었다.

"점수는 형편없지만 너의 마음가짐이 일을 할 수 있을 것 같다. 다른 합격자들과 같은 날 출근을 하도록 해라."

이 말을 듣는 순간 "예, 고맙습니다"를 연발했지만 기쁘면서도 두려움이 가득했다. 납땜도 하고 부속품 조립을 배우는 학교를 나왔지만, 기술은커녕 거의 기계치였으니까.

첫 프러포즈, 아가씨에게 차이다

첫 출근 날, 2인 1조로 조 편성이 가장 먼저 시작되었다. 재빠르게 반장을 찾아가서 나의 합격담을 설명하고 "기술은 전혀 없습니다. 기술자 한 명과 저를 같은 조로 부탁드립니다. 보조는 확실하게 떠받들겠습니다" 했더니 의외로 "그래, 알았다"라는 대답이 돌아왔다. 조와 지역을 배정받고 각자의 자전거를 타고 목적지로 향했다. 이런저런 얘기를 나누어보니 나이는 나보다 어린 동료였으나 하는 일들은 형님으로 모셔야 될 정도로 척척박사였다. 어린 형이 시키는 대로 내가 통신장비에 걸레질을 하고 때로는 틈새를 청소하기 위해 붓이나 솔로 마구 문지르고 나면 어린 형은 수리나 점검을 했다. 공장 전체를 한 바퀴 순환점검을 하려면 다소 긴 시간이 걸리는데 처음 보는 곳들이라 신기하기도 하고 볼거리가 너무나도 많았다. 특히 통신장비 점검차 방문이니까 제한구역도 많지 않았다.

✳✳✳ 어느 날 오전 순환 근무를 마치고 구내식당에서 점심을 먹고 있는데 먼 대각선 방향의 식탁에서 식사를 하고 있는 사무원 아가씨와 눈이 마주쳤다. 나의 시선은 그곳을 향해 멈추었고 서로가 눈이 맞았다고 생각했다. 오후 근무는 시작되었지만 하는 둥 마는 둥 내 머릿속은 온통 그 아가씨 생각으로 가득 채워졌다. 마음을 전하려고 메모지에 몇 자를 긁적거려서 퇴근시간 때에 용기를 내어 아가씨의 책상 위에 올려놓고는 뒤도 보지 않고 빠져나왔다. 다음 날이 되어도 또 다음 날이 되어도 나에게 눈길 한번 주지 않았다. 나는 곰곰이 생각하며 스스로에게 말했다. '어설프게 까불며 놀 줄만 알았지, 변변한 기술이 있니, 그렇다고 머리에 든 게 있니? 글씨 꼬라지도 꺼께이(지렁이)가 기어도 그것보단 예쁘게 기겠다…….' 한참을 자책하고 나니 힘도 빠지고 나 자신이 굉장히 초라해지며 모든 의욕이 사라지는 것 같았다. 하지만 현재로서는 뾰족한 묘책도 떠오르지 않았고 그저 어린 형의 지시에 충실해야만 했다.

어느 여자가 이런 무능한 남자를 좋아하랴. 이 무딘 칼을
시퍼렇게 갈아야지.

다시 태어나다

시간이 흘러 겨울철이 되었고 바닷바람은 거세게 불었다. 받은 월급은 동이 났고 재떨이를 뒤져 가장 긴 꽁초를 두어 개 주워서는 원재료가 입항 되는 부둣가에 쭈그리고 앉았다. 라이터를 꺼내서 담배 필터를 대충 소독하고 불을 붙여 연기를 뿜어댔다. 나도 모르게 한숨 소리가 튀어나왔고, 이 모습을 본 어린 형이 나를 쳐다보며 한마디 던졌다. "와, 무슨 고민 있는기요? 내 저쪽에 가서 일 좀 하고 올 테니 좀 쉬소" 하고는 자리를 피해 주었다. 바닷바람 소리는 나의 한숨이요 추운 냉기는 내 마음과 같이 느껴졌다. 남은 꽁초를 마저 피우고 몸이라도 좀 녹이려고 원재료를 퍼 나르는 대형크레인으로 올라갔다. 정신이 나갔는지 고소공포증도 느껴지질 않았다. 마침 운전자는 없었고 선풍기형 전기 온열기가 뱅글뱅글 돌아가고 있었다. 나는 운전석이 내 자리인 양 털썩 눌러앉았다. 따뜻한 온기를 받아들이니 육신의 따스함은 느껴졌지만, 텅 빈 내 가슴은 먹이를 얻기 위해 추운 바다 위를 날아다니는 갈매기마냥 쓸쓸한 마음을 달랠 수가 없었다. 잠시 뒤, 운전자가 화장실을 다녀왔는지 손을 옷에 문지르며 올라왔다. 일어서려는 순간 나를 내려다보면서 한마디 뱉었다. "어디 앉아 있는기요, 그 더러운 궁둥이로 내 자리를……" 하면서 옆에 걸려 있던 수건을 들고는 운전석을 '탈탈' 터는 것이었다. 이제 내 마음은 더 내려갈 곳이 없을 정도로 내려앉으며 정신이 번쩍 들었고 곪을 대로 곪은 고름 덩어리가 터지는 순간이었다. 운전자를 향해 나도 한마디 세게 쏘아붙였다.

"그래, 너는 여기서 마르고 닳도록 일하다가 늙어 죽어라. 나는 이제 새로운 사람이 될 거다……?"

한참을 쏘아붙이고서 크레인운전자를 보니 눈가에 눈물이 고이는 것을 직감할 수 있었다. 그길로 회사에 퇴사

신고를 하고는 바로 집으로 향했다. 지금 정확히는 기억이 나질 않으나 아마도 눈물을 보일 정도면 좀 지나치게 이야기하지 않았나 싶다. '친구야, 미안해. 그때의 내 마음은 그랬었나 봐. 용서해 줘. 잘 살기를 바라. 친구도 나도 강한 느낌들을 받았고 생각들이 많았을 거야. 그리고 나를 크게 깨우쳐 준 계기를 만들어 줘서 너무 고마워.' 이 시점이 나를 다른 사람으로 만드는 가장 큰 전환점이 아닌가 싶다.

아내를 만나다

저녁 늦게 부모님 집에 도착했다. 아무 연락도 없이 왔으니 부모님께서는 다소 어리둥절하셨는지 "너 이 시간에 웬일이고, 공장에 댕긴다더니?"라고 말씀하신 것 같은데 귀에 들어오지도 않았고, 자세한 설명도 없이 대뜸 말했다.

"다시 공부해서 대학 들어갈람니더."

"야, 이놈아, 이제는 니가 콩으로 메주를 쑨다고 해도 안 믿으니까 쓸데없는 소리 하지 마라."

"아닙니더, 이제 정말 많이 느꼈심니더. 함 믿어주이소."

"아니 믿을 놈이 따로 있지 니놈을 우째 믿노?"

"탕자자식이 돌아왔다 생각하고, 진짜 진짜 마지막으로 한 번만 믿어 주이소" 하며 꿇어앉아 용서를 빌었다. 별 반응은 없고 가만히 보고만 계셨다. 내 눈에서는 눈물이 줄줄 흘러내렸고 답답한 마음에 방바닥을 때굴때굴 한참을 굴렀다. 그때 무언가 소리가 들렸다.

"그래, 니가 전에 하고는 다르게 뭔가 정신이 좀 들은 거 같다. 그라마 어떡하마 좋겠노?"

"예, 학원에 좀 다니고 학력고사를 보겠심니더."

"아직 너를 다 믿지는 못하니 집에서는 안 되고, 우리가 보이지 않는, 지금 있는 포항에서 해 보거라. 최소의 비용은 대 주꾸마."

이렇게 해서 반수(약 4~5개월)를 나름 정말 열심히 공부했다. 기본이 되어 있지 않은지라 학력고사 결과는 턱걸이 수준으로 대학은 겨우 들어갈 수 있었다. 입학금 내는 날짜가 되어, 접수를 하려고 집을 나서는데 우연하게도 2년여 전에 보았던 여학생과 길거리서 마주쳤다. 서로를 알아보고는 내가 먼저 안부를 물었다.

"오랜만이네요, 잘 지냈어요?"

"네."

"어디 가는 길이에요?"

"아, 연습실에 가요. 거기는 어디 가세요?"

나는 머리를 쓱쓱 긁었다.

"아, 입학금 내러 갑니다."

"아이쿠, 축하해요."

"혹, 시간 되면 같이 갈래요?"

좀 망설이기에 '아뇨'라는 말이 나올 줄로 알았는데 "축하도 해 줄 겸 같이 가요"라는 답이 돌아왔다. 이렇게 해서 두 사람은 미리 정해진 인연인지, 가끔 만나서 영화도 보고 국자 푸는 솜씨로 테니스도 치고 시장도 다니며 여학생의 자취방을 드나들었다. 그러다가 중간고사 시기가 다가와서 서로가 좀 뜸해졌다. 시험은 끝이 났고 대체로는 내가 먼저 보자고 말했는데 이번에는 여학생이 나를 먼저 보자고 했다. 만났더니 씨무룩한 표정으로 나를 한번 쓱 째려(?)보는데 근심이 들어 있는 얼굴이었다.

"왜, 뭔 일 있어?"

대답은 없고 먼 곳을 보다가는 나를 한번 쳐다보고 하며 아무 말이 없었다. 한참 침묵이 흐르다가 "병원 가 봐야 되겠어요" 하는 것이었다. 듣는 순간 내 눈도 둥그레지며 뭐라고 말을 해야 될지 생각이 떠오르지 않았다. 아니 둘 다 아직 학생인데, 가진 것도 키울 능력도 어느 한 가지도 준비된 게 없는데, 그렇다고 부모님께 말하자니 용기도 나지 않으며 오히려 애먹인 과거들이 불쑥 떠올랐다. 이런저런 걱정을 하며 한두 주가 지나갔다. 여자가 남자보다 책임감(?)이 많은지, 차마 부모님 얼굴을 보며 말은 못하겠고 이타저타 내용을 부모님께 편지글로 띄웠다고 한다. 그리고 며칠 뒤 여학생의 오빠와 언니가 우리 집으로 찾아왔다. '부모님은 드러누워서 오실 수가 없고 저희라도 얼굴이며 사는 모습들을 좀 보고 싶어서 왔다'고 했다. 또 한 주가 지나고 나와 형이 여학생의 집을 방문했다. 집은 그렇게 좋다는 생각이 안 들었는데 정원은 가정집이라기에는 크기도 하고 꽤나 잘 가꾸어져 있었다. 정원을 보고는 살짝 기가 죽으며 방 안으로 들어갔다. 하지만 여학생 부모님의 모습은 보이지 않았다. 거의 나올 무렵쯤 얼굴은 잠시 뵐 수 있었다. 집으로 돌아오는 길에 형이 한마디 했다.

"야, 인마, 못 오를 나무는 쳐다보지도 마."

아마 형도 정원을 보고서 조금은 놀랐나 싶다. 이렇게 서로 왕래한 것이 요즘 이야기하는 상견례가 된 셈이었고 어쩔 수 없이 결혼은 승낙되었다. 하지만 준비되지 않은 결혼으로 집은커녕 살아가야 할 방마저 마땅치 않았다. 더 이상 미룰 수는 없어 더위가 시작될 무렵 결혼식을 치러 야만 했고 뱃속의 태아는 무럭무럭 자라 추위가 자리 잡을 때쯤 태어났다. 여자아이였다. 나는 갓 태어난 아기를 보 고도 현재 처한 우리 부부의 환경(학생신분) 때문인지 마음 이 무겁기만 했다. 시간이 흘러 아내의 졸업식 날이 되었 고, 100일도 되지 않은 아기를 안고 기념촬영을 했다. 아 기 엄마가 된 딸내미가 요즘도 가끔은 놀린다. "나는 칠삭 둥이야?" 하며.

신방을 차리다

갑작스레 이루어진 가정인지라 당장 생활비가 걱정이었다. 양가 부모님께서는 미리 예상을 하셨는지 결혼식 때 혼수품도 거의 생략하였고 절약한 돈으로 우리 집 건너편에 있는 작은 상가점포 한 칸을 전세 얻어 주었다. 작은 골방이 하나 딸린 가게였는데, 여기에다 신방을 차리고 아내가 사용하던 피아노와 중고 피아노 몇 대를 사서 피아노 교습소로 문을 열 준비를 했다. 장소가 대로변에서 한 블록 들어온 위치라 눈에도 덜 띄어 홍보가 염려되었다. 고민 끝에 전단지를 만들기로 하고 문구 초안을 준비했다. '……골목 안이라 어린이들이 안전하게 다닐 수 있고, 또 약간의 컴퓨터 활용 방법도 배울 수 있는…….' 이렇게 만

들어 인쇄를 하고 신문지국을 찾았다. 지국에서는 시간이 바빠서 전단지를 자신들 손으로는 끼워 넣을 시간이 없으니 내일 새벽 3시에 다시 와서 직접 끼워 넣으면 가능하다고 했다. 다음 날 이른 새벽, 지국을 방문하고는 내 눈이 둥그레졌다. 다들 단잠에 빠져 있는 시간대일 것 같은데 여기서는 새벽을 여는 사람들의 발걸음으로 분주하게 돌아가고 있는 모습에 내 자신을 돌이켜 보게 만들었다.

  *** 나의 하루 일과는 이른 아침 피아노 닦는 일을 시작으로 청소를 하고 등교를 했다. 날이 갈수록 교습소는 빠르게 안정을 찾아가고 있었다. 시간이 흘러 어느 날, 아내의 친구들이 저녁 무렵에 교습소로 놀러 왔다. 오래간만에 만나서인지 늦게까지 이야기꽃을 피우고는 단칸방에서 같이 잠이 들었다. 다소의 시간이 흘렀을까, 아기가 평소와는 다르게 엄청 크게 울었다. 잠을 이룰 수도 없을뿐더러 혹시 경기인가 싶어 걱정이 되었다. 나이는 드셨지만 경험이 많은 엄마가 떠올랐다. 아기를 들춰 안고는 아내와 같이 길 건너편에 사는 부모님의 집으로 쏜살같이 달려갔다. 아기를 엄마의 품에 안기자마자 나는 그 자리에서 쓰러졌다고 한다. 연탄가스 중독이었다. 가다가 쓰러지지

않은 것은 아마도 아기를 안은 정신력으로 버티지 않았나 싶다. 연탄가스는 정말 무서웠다. 요즘은 연탄문화가 거의 사라졌다고 한다. 하지만 아직도 일부 빈곤층에서는 연탄을 사용한다는 것을 뉴스를 통해 들을 수 있다. 이 가구들마저도 연탄가스로부터 해방되는 그날이 빨리 왔으면 좋겠다.

　＊＊＊ 나의 대학 생활은 그다지 재미있지는 않았다. 다행히도 아내 덕에 용돈은 주머니에 좀 들어 있어서 가끔 어린 친구들과 탁구 정도 치는 게 전부였다. 이 자리를 빌려 아내에게 고맙다는 말을 새삼스레 전해본다. 늦게 들어간 탓에 급우들과는 나이 차이도 꽤나 났고, 같이 지낼 만한 친구도 사귀기가 쉽지 않았다. 이론 공부는 혼자서라도 어느 정도 할 수 있었지만, 프로그램 실습 때에는 친한 친구 한두 명이라도 있었으면 하는 생각이 절로 났다. 하지만 성격 탓인지 끝내 외로워야만 했다. 이 결과로 졸업 후 회사에 들어가서는 프로그램을 짤 때에 엄청난 어려움을 겪게 된다.

Chapter 2

삶 속으로 들어가다

이제 방황의 시기를 저 바다 건너 멀리 던져버리고 삶의 현장으로 들어가 보자. 지나간 방황의 시기가 후회되는 부분도 많이 있지만 그렇다고 허송세월만 보냈다고도 생각하지는 않는다. 왜냐하면, 이 사서 했던 고생이 삶을 헤쳐 나가는 데 있어서 적잖은 도움이 되었다고 생각한다. 즉, 속된 말로 '배짱과 깡아리'를 배웠다고나 할까? 직장 생활 때도 그러했고, 서점업도 보기에는 젊잖아 보이지만 사실 싸움(?)의 연속이다. 어느 가정에서 서점, 슈퍼마켓, 식당업을 하는 형제들이 서로 자신의 업이 힘들다고 논쟁이 붙었단다. 왈가왈부 논쟁 끝에 서점업이 가장 힘들다고 인정을 해 줬다고 한다!

사회생활의 첫 출발

이제 정식으로 사회인이 되는 첫 출발선이다. 철판에 박는 스크류(특수못)를 생산하는 공장으로 거의 전량 수출하는 중소기업이었고, 전산직 프로그래머로 입사를 했다. 당시만 해도 대기업을 제외하곤 컴퓨터가 거의 없는 시대였다. 프로그래머로 입사를 했지만, 컴퓨터는 없었고 컴퓨터가 들어올 때까지 우선은 '품질관리과에서 일을 하라'는 명이 떨어졌다. 주로 하는 일은 샘플을 채취해서 고정된 전기드릴에다 철판을 놓고, 스크류를 박으면 철판이 뚫리는 시간을 종이에다 기록하고 분석한 후, 해당 샘플이 들었던 드럼통의 내용물이 상품이 될 것인지 폐기가 될 것인지를 판단하는 작업이었다. 시간 기록을 수작업으로 하다

보니 문제점이 많이 발생했고 이로 인해 새로운 지시가 떨어졌다. 이 과정들을 전산 시스템화할 수 없겠느냐는 것이었다. 나의 실력으로는 프로그램을 짤 줄도 모를뿐더러 더군다나 소프트웨어 작업 이전에 하드웨어 작업이 먼저 이루어져야만 했다. 고민 끝에 전자과 박사과정에 있는 친구를 찾아가 상황을 설명하고 도움을 청했다. 다행히도 친구는 '가능할 거 같다'라는 말과 함께 흔쾌히 승낙을 했다. 상사께 구두 보고를 하고는 친구와 함께 부속품들을 구하기 위해 서울로 1박 2일 출장을 떠났다. '세운상가'를 들러 필요 부속품들을 구입하고 나서 저녁을 같이 먹는데 친구가 너무나도 고맙다는 생각이 들었다. '나를 위해 시간을 내고 이 먼 곳까지 와서……'라는 생각이 들자 그냥 있을 수가 없었다. "친구야, 너무 고맙다. 찐하게 한잔하자" 하고는 술집으로 향했다.

✱✱✱ 다음 날 출장을 마치고 회사에 출근했다. 업무보고도 해야 되고, 출장비 정산도 해야 하니 내가 가장 싫어하는 기안보고이지만 하지 않을 수 없었다. 무슨 장비 00원, 무슨 부속품 00원, ……, 교통비, 숙박료, 술값. 이렇게 해서 곧이곧대로 작성을 하고는 결재를 올렸다. 결재권

자인 ㅈ이사가 한마디 쏘아붙였다. "여보시오, 당신 봉급이 얼만지는 알아요? 본연의 장비, 부속품 값보다도 술값이 더 많네요" 하며 나를 뚫어지게 쳐다봤다. 나는 업무차 출장을 갔고, 이사가 이 일을 시킨 지시자이자 사장의 아들이라 수월하게 처리될 줄 알았다. 사회초년생으로서 좋은 경험을 했고, 어떻든 전산화 시스템은 약간의 문제점은 발생했지만 완성되었다. 하지만 나에게는 전산화되기 이전보다도 더 지내기 어려운 고민이 들이닥쳤다. 지금 나의 주된 일은 샘플을 채취해서 못을 박는 일인데 일의 양이 그다지 많지 않았다. 가만히 놀자니 주위의 눈치가 보이고, 이러다 보니 작업을 아껴서(?) 해야 하는데, 전산화가 되고 나니 오히려 나의 할 일은 줄어들어서 더 힘든 시간을 보내야만 했다. 이런 말을 들어 본 적이 있다. "사람이 죽어 각각 천당과 지옥에 떨어졌다고 한다. 한쪽은 땀을 뻘뻘 흘리며 일을 열심히 하는 곳이고, 다른 한쪽에서는 일이 없어 빈둥빈둥 노는 것이 일이었다. 노는 쪽에 있는 사람이 천사께 부탁했다. '천사님, 저는 힘든 일을 해도 좋으니 지옥으로 보내 주세요.' 천사가 대답했다. '지금 네가 있는 일 없는 곳이 지옥이란다.'" 우리가 살아가면서 일이 얼마나 중요한 것인지를 일깨워주는 말인 것 같다.

사람보다 기계가 소중했던 시대

어느 날 모 대기업의 경력자가 과장 직함을 달고 내 위의 상관으로 부임해 왔다. 그리고 며칠 뒤 드디어 기다리고 기다리던 컴퓨터도 들어왔다. 가장 먼저 사무실과 컴퓨터기계실의 공간을 분리시키는 칸막이 공사가 이루어졌다. 당시는 컴퓨터도 귀할뿐더러 에어컨도 특정 공간에만 있었던 시절이었다. 컴퓨터기계실만 시원하게 할 목적이었다. 약 30여 년 전 메인 컴퓨터 가격이 1억이 조금 넘었던 것으로 기억되는데 성능을 비교해보면 현재의 개인 컴퓨터급보다도 오히려 못했다고들 하니 얼마나 발전했는지 짐작해볼 수 있을 것 같다. 지금 생각해보면 사람보다도 컴퓨터가 더 대우(?)받던 시대가 아니었나 싶다.

＊＊＊ 이제는 업무프로그램을 짜야 한다. 과장이 양식 폼을 던져주면 그 틀에 맞게끔 입력이나 출력, 조회화면이 나올 수 있도록 프로그래밍을 해야 한다. 그런데 앞에서 잠깐 이야기했듯이 학창시절에 프로그램실습을 게을리한 탓에, 머리가 빠질 정도의 어려움에 부닥쳤다. 프로그램은 물론이고 컴퓨터의 사용방법조차도 모르니 말이다. 알아보려고 매뉴얼을 뒤척여 보지만 영어판밖에 없었고 그림 정도 보는 게 전부였다. 답답한 마음에 과장한테 물어보면 시원한 가르침은 없이 '우리는 쟁이야'라는 말을 자주 하곤 했고, 처음에는 그게 무슨 뜻인지도 잘 몰랐다. 이때에 좀 너그럽게 잘 가르쳐줬더라면 '과장님, 형님' 하면서 잘 따르며 모셨을 텐데……. 시간이 흐를수록 관계는 멀어지기만 했다. 내 됨됨이가 바르지 않아서인지 잘 해주는 사람에게는 껌벅 죽는시늉까지 하지만 내치는 사람에게는 되갚아주려는 못된 습성이 있는 것 같다. 고쳐보려고 노력을 하는데도 순간만 되고 잘 되질 않는다. 사실 이 말도 건방진 말이다.

＊＊＊ 일은 배워야 되고 방법을 터득하기 위해 프로그램을 아주 짧게 해서 이렇게도 짜보고, 저렇게도 짜보고,

실행시켜보고 반복해서 수없이 연습하다 보니 어느 정도 감이 잡히는 것 같았다. 이제는 과장이 던져주는 폼 양식에 맞게끔 처리할 수 있는 단계에 근접할 수 있었다. 그러나 단순히 프로그램은 짤 수 있었지만 왜 이런 작업을 하는지, 업무는 어떻게 돌아가는지가 궁금했다. 가르쳐주는 사람은 없었고 혼자서 수천 페이지에 이르는 프로그램 파일철을 훑기 시작했다. 완성된 프로그램의 길을 하나하나 따라가다 보니 실무부서의 업무가 하나씩 이해가 되었다. 원래 프로그램을 짤 때에는 담당부서의 실무자와 같이 앉아서 업무가 파악되어야만 프로그램이 가능하다. 그런데 거꾸로 업무를 파악하다 보니 정말로 진땀을 흘려야만 했다.

＊＊＊ 약간의 속도가 붙으며 개발업무도 많아졌다. 과장과 둘이서 처리하기에는 업무량이 많았다. 과장이 여직원 한 명을 충원해 달라고 건의했고 승인 후 모 기관에 추천을 의뢰했다. 복수추천이었는데 한 학생이 친구를 데리고 우선 우리 사무실을 찾아왔다. 과장과 둘이서 이것저것 물어보고는 지원자가 아닌 친구를 선택하게 되었는데, 참! 이런 말이 생각났다. '소개팅 같은 모임에 나갈 때에는 자신보다 나은 친구를 데리고 가지 말라고.'

웃돈은 신바람을 일으킨다

이제는 제법 프로그래밍이 익숙해져서 각 부서의 담당 실무자와 나란히 앉아서 업무도 파악하고 과장의 허락하에 스스로 전산시스템을 구성할 수 있는 단계에까지 근접하고 있었다. 초창기에 아무것도 몰라 머리 아플 때와는 달리 필요한 자료들이 요구에 맞게끔 만들어지자 프로그래밍하는 것이 즐거울 정도였다. 여기다가 회사의 호실적으로 계획에 없던 보너스를 전 직원에게 50%씩이나 안겨주었다. 아마 이 특별보너스는 나는 물론이고 대다수가 집에는 말하지 않고 개인적 비상금으로 사용하지 않았나 싶다. 어떻게 아느냐고? 전산실에 근무하면서 가장 많은 부탁을 받아 보았으니까. 뭔 말인가 하면, 전산화 이후로는 현금이 든 봉투는 구경할 수가 없었다. 전액 은행으로 이체되었기 때문에 이번만큼은 이체에서 제외해달라는 청탁(?)이었다. 급여 관련 일은 경리부서 소관이지만 이체코드를 조정하는 것은 당시로서는 간단한 프로그램이 필요했다. 이것을 안 직원들은 전산실로 몰려와서 '나도 나도' 하며 문전성시를 이루었다. 특별보너스라는 것은 엄청난 힘을 발휘했다. 직원들은 둘 이상만 모이면 보너스 이야기이고 하나같이 '회사를 위해 충성을 다하자'였다.

  ✳✳✳ 나도 뒤질세라 스스로 각 부서를 돌아다니며 일을 찾아 나섰고, 신바람이 나다 보니 무언가라도 회사에 도움이 되게끔 하고 싶어 열심히 프로그래밍 작업에 몰두했다. 그러던 어느 날, 우리 과장이 회사를 그만두고 다른 일을 하겠다며 사직서를 제출했다고 했다. 나는 이 말을 듣고는 마음이 무거웠다. '내가 대우를 잘못했나? 너무 열심히 일을 했나? 아니면 정말로 더 좋은 일을 하려고…….' 여러 가지 생각들로 맘이 편치 않았다. 이유도 물어보고 만류도 해 보았지만 별다른 말은 없었고 그냥 살짝 웃음만 보이고는 며칠 뒤 회사를 떠나갔다.

상사의 작은 배려도
부하직원에게는…

이제는 의지할 곳도 없고 고민거리도 혼자서 해결해야만 했다. 프로그래밍은 그렇게 어려움이 없었으나 매주 토요일의 기안보고가 나를 힘들게 만들었다. 전산 일이라는 게, 보고서 한 줄이 몇 시간에 끝날 수도 있고, 긴 것은 몇 달, 몇 년이 걸릴 수도 있다. 같은 내용을 반복해서 쓰자니 꼭 일을 안 하는 듯이 느껴질 것만 같았다. 이때부터는 오전 근무에다 다음 날이면 휴일인 토요일이 즐거움보다도 오히려 주간보고서 때문에 짜증 나는 토요일이 되어 버렸다. 이러다 보니 일도 하기 싫어지고 자꾸만 회사 밖으로 뛰쳐나가고 싶어졌다. 위에 상사가 없으니까 여직원에게 대충 거짓말을 하고는 외출을 나가는 경우가 잦았다. 비가 오는 어느 날, 마찬가지로 대충 이야기하고는 비를 맞으며 회사를 빠져나가는데 ㅈ이사의 승용차가 들어오며 마주쳤다. 차가 멈추면서 뒷자리의 창문이 살짝 열렸다. 도둑이 제 발 저리다더니 내가 딱 그 꼴이 되었다. "서계장, 비 맞으면서 어디 가요?" 하고는 자신이 비를 맞으며 뒤 트렁크를 열고는 우산을 꺼내 주면서 "비 맞지 말고 이거 쓰고 가요" 하는 것이었다. 이 순간, 나의 감정은 말로 표현할 수가 없을 정도로 '미안한 마음, 고마운 마음, 충성하고 싶은 마음'으로 몸에 정기가 확 일어났다. 도저히 밖으로 나가겠다던 발걸음은 떨어지지 않았고 바로 뒤를 돌아 사무실로 돌아왔다. 그러고는 책상에 앉아 한참을 생각했다. 맥아더 장군이 스쳐 지나갔다. 그 많은 군사를 거느리면서 어떻게 병들의 이름을 다 기억할 수 있었을까? 병들을 부를 때에 ㄱ일병, ㄷ병장 이런 식으로 불렀다고 한다. 듣는 병들의 생각은 '와! 내 이름을 다 기억하네. 나를 특별히 사랑하나 봐' 이렇게 여기게 될 것이고, 따라서 충성심은 저절로 불타오를 것이다. 그러니 조금 전 나에게 베풀어 준 ㅈ이사의 행동은 나를 충성심으로 불태우기에 충분했다. '일을 하자, 일을 해'를 되새기며 일을 찾아보니 무역업무 중에서 원재료 환급시스템이 좀 미비하다는 것을 깨달았고 바로 보강작업에 들어갔다. 레이아웃을 만들고 양식에 맞게끔 열심히 일을 하며 받은 사랑에 보답하고 싶었다. 윗사람이 베푼 사랑은 비록 작을지라도 아랫사람으로서 느끼는 감정은 너무나 큰 힘을 발휘하게 한다는 것을 체험하는 계기가 되었다.

아내의 눈물, 갈 길을 바꾸다

내일이면 또 괴로운 토요일이다. 주간보고서를 제출해야 하므로 벌써부터 머리가 지끈지끈하며 출근이 싫어진다. 그래도 어미·아비만 바라보는 오줌싸개들이 떠오르자 발걸음을 재촉해야만 한다. 처음에는 일을 몰라 머리가 아팠고, 좀 뒤에는 보고서 때문에, 나중에는 일이 하기 싫어서, 아침에 출근하면서 오늘도 스스로 가기는 하지만 도살장에 끌려가는 소의 심정이었다. '땅땅땅' 외치고 출근을 하곤 했다. 가장으로서 당연히 출근을 해야 하는 것을, 아내가 보기에는 이 소리를 들을 때마다 얼마나 힘이 들었을까? 지금 이 글을 써 보니 참 미안한 맘이 든다. 거의 매일 이런 식으로 출근을 하다 보니 머리카락인들 배기

랴, 한 움큼씩 빠지는 것이 눈에 보였다. 출근은 하지만 일은 뒷전이 되어버렸고 빠진 머리카락만 하나둘 헤아리며 앞으로 어떤 일을 하며 살아갈까를 고민하고 있었다. 한두 달을 이렇게 생활하다 보니 회사 일도 손에 잡히지 않고, 몸도 초췌해지고, 일에 대한 의욕도 사라져버렸다. '이러다간 큰일 나겠다. 정신 차려야 돼, 딸린 밥술이 몇 개인데' 마음을 되잡으며 '뭐 하고 살지? 어떤 업종이 좋을까?' 머리는 복잡해졌다. 볼펜을 들고 업종을 하나하나 나열해보고는 대여섯 종으로 추려보았다. 최종 한 품목을 결심한후 사직서를 제출했다. 가타부타 묻는 것도 없이 사표 수리는 바로 처리되었다. '별로 쓸모도 없는 인간이 지금껏 붙어 있었구나'라는 생각이 들며 나 자신이 너무나 무능하게 느껴졌다.

＊＊＊ 품목이 지정되기까지에는 아픔도 참 많았다. 그중에서 한 대목을 이야기해볼까 한다. 추려진 대여섯 종을 다시 나의 자금력과 연결 지어보니, 업종 수는 더 좁혀졌다. 특히 기억에 남는 한 업종이 건강식품 가게이다. 주택가이고, 학교 근처라 자취생들이 많고, 주위에는 동종업종이 보이지 않았다. 밖에서 보니 깨끗하기도 하고 더군다나

식재료이므로 안 먹고 사는 사람은 없지 않는가? 더 나아가 일이 잘 풀리면 식자재 납품도 가능하겠고. '와우! 딱이네' 하는 생각이 들었다. 아내와 상의 후 점포를 하나 점찍어놓고는 같이 차를 타고 다른 동네에 있는 식품가게를 눈여겨보러 갔다. 손님인 척 안으로 들어가 두루두루 둘러보고는 밖으로 빠져나왔다. 아내에게 본 소감을 물었다.

"당신은 보니까 어때?"

내 말을 들었는지 못 들었는지 아무 말이 없었다. 잠시 후 코를 훌쩍거리는 소리가 들렸다. 아내의 눈을 보니 눈가에 눈물이 촉촉이 젖어 있었다. 말은 하지 않았지만, 그 눈물의 의미를 나는 읽을 수 있을 것 같았다. '내가 남의 집 귀한 딸내미를 반강제로 데려와서 애간장을 태우는구나' 싶어 내 마음도 무겁기만 했다. 아내의 어깨를 보듬으며 "그러지 말고 차 타봐라. 근사한 데 가서 차나 한잔하자" 하고는 찻집을 향해 차를 몰았다.

"아니야, 그냥 함 들어가 봤다. 저녁에 뭐 맛있는 거 해 물꼬 하고."

아내는 모르는 척 슬쩍 한번 웃어주고는 대화를 이어
갔다.

"우리 애들 교육상에도 좋을 것 같고, 나도 책을 좋아하
고, 깨끗해 보이기도 하고, 남들 보기에도 괜찮을 것 같고,
힘도 별로 들지 않을 것 같고 …… 우리 서점 해보는 것은 어
때요?"
"으음, 그 품목 괜찮네!"

그런데 위의 아내 말 중에서 '힘도 별로 들지 않을 것
같고' 이 말은 '땡'이다.

뒤바뀐 유통과정

　이제 품목은 지정되었고 좋은 장소를 찾는 게 숙제였다. 틈만 나면 아내와 둘이서 대구와 인근 지역의 이곳저곳을 구석구석 쑤시고 다녔다. 그러던 중 어느 종합대학의 정문 앞에서 텅 빈 땅에 말뚝을 박아놓고 줄을 쳐 놓은 것을 보았다. 상가건물이 들어설 것으로 예상되었다. 주위를 둘러봐도 현장사무실은 보이질 않았다. 혹시 놓칠세라 며칠을 사이에 두고 한 번씩 계속 방문을 했다. 어느 날 현장사무소 문이 열려 있는 것을 보고는 바로 들어갔다. 설계도면이 건물인 양 가장 위치가 좋아 보이는 칸을 즉석에서 계약했다.

✳✳✳ 학창시절에 책을 몇 권 사서 보기는 했지만, 유통과정에 대해서는 생각해보지 않았다. 당시 하나뿐인 정문에다 통발을 쳤으니 손님은 술술 들어오리라고 확신했다. 유통과정을 알아보려고 교재를 취급하는 서점들을 찾아다니며 물어보면 대개 이런 반응이었다.

"경험 있어요?"
"아니 없는데요."
"그러면 다른 업종을 찾아보는 게……."

정말 그랬다. 손님이 문제가 아니라 교재를 공급받는 게 가장 어렵고도 어려운 난관이었다. 고민을 거듭하다가 용기를 내어 ㄱ서점을 찾아가서 자초지종을 설명했다.

"보수는 안 받아도 됩니다. 일만 좀 하게 해 주십시오."
"아니, 우리 입장이 난처하겠는데?"
"며칠이라도 괜찮습니다. 열심히 일하겠습니다."

끈질긴 부탁 끝에 "허 이거 아닌데" 하고는 "그렇게 애원하니 잠시만 해 보시오"란 말을 듣게 되자 나의 기분은 날아갈 것만 같았다. 다음 날, 아침 일찍 출근해서는 화장실 청소를 시작으로 서점 내 바닥을 걸레질하고, 서가도 먼지떨이로 탈탈 털어내며 진일 궂은일 가리지 않고 정말 열심히 일을 했다. 하지만 이 서점 사장님은 내가 정문에 서점을 낸다는 것을 알기에 학교 안에 있는 구내서점의 주인 눈치가 보였던 거 같았다. "오늘까지만 하고 내일부터는 안 나왔으면 좋겠어요" 하는 것이었다. '야, 이 일을 어쩐다. 이제 어디서 일을 배우지?'라는 생각이 들며 나도 모르게 깊은 한숨을 몰아쉬었다.

    ✱✱✱ 여기서 이해를 돕기 위해 유통과정의 설명이 좀 필요할 거 같다. 예를 들어 식당의 단무지는 공급처를 식당 주인이 선택할 수 있다. 마켓의 아이스크림도 꼭 그것이 아니더라도 유사품으로 대체가 가능하다. 심지어 약국에서 의사가 처방해 준 약이 없으면 의사에게 다른 제약회사의 같은 성분으로 대체해달라고 부탁할 수 있다. 그러나 이 교재라는 것은 강의담당 교수가 이 과목에서는 '교재명-XXX, 저자-ㅇㅇㅇ, 출판사-ㅁㅁㅁ'로 지정하면 딱 이 교재를 준비해야 한다. 즉, 공급처가 한 곳으로 지정되는 것이다. 그러면 구내서점도 주고 정문서점도 주면 되지 않

느냐는 반문이 생긴다. 가령, 어떤 과목의 수강인원이 100명이고 100퍼센트 팔린다고 가정하자, 그러면 100권 이상은 절대 팔리지 않는다. 해당출판사에서 기존 거래를 하고 있는 구내서점에 90권을 주고 정문서점에 10권을 주면 받은 만큼만 팔린다. 거꾸로 10권, 90권을 주면 마찬가지로 받은 만큼만 팔린다. 그러면 구내서점도 100권을 주고 정문서점에도 100권을 주면 어떨까? 유효수요가 100명이기 때문에 구내서점이든 정문서점이든 합쳐서 100권은 팔리고 남은 100권은 공급해 준 출판사로 반품하게 된다. 어느 바보가 반품이 돌아올 게 분명한데 물류비용, 일손, 책 손상을 감수하며 유효수요 이상을 공급하겠는가? 결과적으로 정문에 새로 서점을 열지 않으면 100권 전부를 구내서점에서 팔 수 있지만, 정문에 서점이 생김으로써 나눠 먹기를 해야 하는 일이 발생하는 것이다. 대학가 서점들도 모임이 구성되어 있어 서로가 다 아는 사이이다. 이런 관계로 구내서점의 눈치가 보였던 것이다. 출판사도 마찬가지다. 안면도 있고 친분을 쌓은 기존 거래선을 보호하려고 한다. 그래서 신규서점은 교재를 공급받기가 더더욱 어려운 것이다.

✳ ✳ ✳ 교재를 공급받는 것이 승패를 좌우한다는 것을 이제 알았고, 어떻게 해야 교재를 공급받을 수 있을 것인가? 여기에 대한 해답을 찾아야 한다. 이곳저곳 돌아다니며 정보를 수집하고는 무작정 서울로 올라갔다. 출판사는 거의 전부가 서울에 집중되어 있기 때문이다. 서울의 지리를 모르는 내가 주소를 가지고 찾아다녀 보니 남쪽 방향에서 볼일을 보다가 북쪽으로 갔다가는 다시 남쪽으로 오게 되고, 4박 5일을 열심히 다녀도 많은 곳을 다닐 수가 없었다. 두 번째 출장 때에는 꾀가 생겼다. 택시를 완전히 전세를 내고서 내용을 설명하고는 목적지목록을 택시기사에게 완전히 넘겨주고, 기사가 가자는 대로 따라 했더니 훨씬 많은 출판사를 방문할 수 있어 능률적이었다. 중요한 건 성과가 있어야 하는데 영 시원치가 않았다. 그나마 '여기까지 올라온 성의를 봐서' 하면서 몇 권 정도 사 오는 게 전부였다.

난전으로 시작된 첫 신학기

이렇게 바쁘게 쫓아다니는 와중에 생각지도 않았던 전화가 한 통 걸려왔다. 받아 보니 두 달 전까지만 해도 내가 근무했던 회사였다.

"서 계장, 전산실이 잘 돌아가지 않는다고 들었는데 다시 일을 할 수 없겠어요?"

"예!?, 저어 개인 일을 시작해서 눈코 뜰 새 없이 바쁩니다."

"그러면 이 방법은 어때요? 근무는 프리로 하고 시스템만은 돌아갈 수 있게 해 줄 수는 없겠어요? 급여는 퇴직 당시의 반 정도를 생각합니다."

허어 이 일을 어쩌랴? 지금은 내 목구멍이 포도청인데. 근데, 비 오는 날 비 맞아가면서 나에게 우산을 건네주던 모습이 순간적으로 확 스쳐 지나갔다. 바쁜 건 사실이지만 뿌리치기에는 미안한 맘이 들었다. "아 예, 그럼 정기적으로 출근하기는 곤란하고 틈을 내서……" 하고는 전화를 끊었다. 돈도 돈이지만 사직서 처리될 때의 '나는 불필요한 존재였어'라는 기분에서 좀 벗어나는 것 같아서 싫지는 않았다. 시간에 쫓기다 보니 낮에 가 보는 것은 사실 거의 불가능이었고 어쩔 수 없이 주로 퇴근 시간 무렵에야 방문할 수밖에 없었다. 나의 늦은 시간 출근으로 인해 관계되는 분들에게는 참 미안한 맘이 든다.

＊＊＊ 신학기는 다가오는데 아직 교재준비는 물론이고 상가건물마저도 완성되지 않았다. 그러나 신학기는 맞이해야 한다. 서점 앞에다가 박스를 깔고 출판사에서 직접 사 온 책이며 시내 서점에서 정가 그대로 주고 사 온 책들로 난전을 만들었다. 교재의 종류도 부수도 한두 발짝만 내디디면 손에 닿을 정도였다. 동장군이 채 물러가지 않은 3월 초의 날씨에 현재의 마음을 대변하듯 몸까지도 얼어붙는 것만 같았다. 약간의 바람에도 책장이 나풀거리고

책이 몇 권씩 놓이지 않아 바람이 조금만 세게 불어도 난전에 깔아 놓은 종이 박스가 책을 안고는 저 멀리 나가 떨어졌다. 내가 봐도 서점이 아니라 그냥 중고 책을 파는 노점상이었다. 서점에서 사 온 책들은 일부 때도 묻어 있어서 학생들에게 '이 헌책도 정가에 팔아요?'라는 소리까지 들을 때에는 유통과정의 특이성을 설명할 수도 없어 아픈 가슴만 어루만져야 했다. 첫 신학기는 이러한 사정들로 애초부터 아예 기대도 하지 않았지만, 신학기를 치르고 나니 '와아!, 이거 보통 일이 아닌데' 하고는 다시 한 번 신발 끈을 힘차게 동여매었다.

'쾅쾅쾅' 동네 건달의 방문

　기다리던 상가건물이 드디어 완성되었다. 내부에 서가를 짜서 배치하고, 간판도 달고 인테리어 작업을 해야 한다. 당시에는 여자대학이라서 내부를 좀 예쁘게 꾸미고 싶었다. 어떻게 하면 좀 우아하게 만들 수 있을까 고민하다가 장롱을 만드는 형이 떠올랐다. 일반적으로는 서가를 짜는 전문 업체에 의뢰해서 제작을 하지만, 마침 장롱을 만드는 장인급 전문가가 개인 이유로 쉬고 있다고 들었다. 나하고는 '호형호제'하며 아주 죽이 잘 맞는 형이었다. 과정을 쭉 설명하고 뜸을 좀 들이다가 무거운 마음이지만 슬며시 말을 꺼내 보았다.

"형, 혹 가능하다면 형이 좀 도와주면 너무너무 고맙겠는데."

"아아, 그래 네가 부탁하는 건데 내가 안 들어줄 수 있어?" 하며 흔쾌히 승낙하고는 "지금 시간도 있고, 당장 나하고 다니면서 원재료를 사러 가자" 하는 것이었다. 고마운 마음 이루 말로 다 할 수 없었고, '일들이 좀 풀려가려나 보다' 하는 생각마저 들었다. 형의 도움으로 내부는 그야말로 자그마한 아방궁(?)처럼 되었고 간판도 서점에 비해 큼직하게 해서 달았다. 내부를 둘러보니 형의 정성이 구석구석 묻어나 있었다. 서가는 기본이고 구석의 모서리 처리도 아치형과 마름모꼴, 톱니바퀴 모양 등 다양하기도 했다. 심취해서 넋을 놓고 쳐다보고 있는데 갑자기 계산대를 쾅쾅 차며 '여기 주인장이 누군기요?' 하는 소리가 들렸다.

"아, 내가 주인인데요."

"보소 보소, 간판 이거 어디서 했능기요?" 하며 나를 칠 듯이 노려보았다. 내 덩치도 작은 편은 아닌데 나보다 머리 한 개 정도는 더 얹힌 것 같고, 인상은 삼국지에서 표현하는 장비의 모습이 연상되었다. 순간 살짝 겁을 먹었다. '신고를 할까? 아니야, 정면 돌파가 최고야'라고 생각하고 는 목에 힘을 잔뜩 넣고 "어이! 봐라, 이 안에서 이러지 말고 따라 나와 봐" 하며 무게를 깔아 말한 후 건물 뒤의 주차장으로 데리고 나갔다. 사실 말은 이렇게 했지만, 속으로는 가슴이 '쿵쾅쿵쾅'했다. "어요, 나도 너거 세상 이것저것 다 겪어 본 놈이야" 하고는 잔뜩 보태서 말을 이어갔다. "이 동네에 누구, 저 동네에 누구, 다 내하고 막역한 사이야. 정신 좀 차려 살아볼라꼬 먹물장사 좀 할라카이……" 하며 상대의 눈을 매의 눈으로 쳐다보았다. "아아, 행님 몰

라뵙심니더" 하고는 뒤로 한발 물러서더니 나를 향해 깍두기 인사를 깍듯이 하는 것이었다. "그래, 그럴 수도 있지. 앞으로 잘 지내보자" 하며 허그인사를 나누고는 각자의 길로 돌아갔다.

예매처로 지정되다

서점 실내외가 정리되고 내부와 외부 사진을 찍어서 백여 장을 뽑았다. 새 건물에다가 내부도 깔끔해서 보기가 좋으니 자신감도 생기는 거 같았다. 지난 서울 출장 때에는 건물이 완성되지 않아 서점이 없는 거나 마찬가지였다. 내부·외부 사진을 한 장씩 봉투에 넣어 오픈 소식을 각 출판사에 전했다. 다음 학기에는 좀 더 거래가 이루어지기를 바라는 마음을 담아서.

*** 연락이 닿았으면 싶은 출판사들의 소식은 가뭄에 콩 나듯 하고, 어떻게 알았는지 대구의 명품가구인 ㄷ가구에서 전화가 와서 우리 서점을 방문하고 싶다고 한

다. 들어보니 싫지는 않았다. 방문해서 이리저리 둘러보고는 "ㄷ가구에서 다음 팸플릿을 제작할 때에 좀 실어도 되겠느냐?"라고 말을 하는 것이었다. '어쩌면 우리 서점이 홍보도 되겠는데'라는 생각은 들었지만 약간 시큰둥한 반응으로 "예, 뭐 도움이 된다면 사진 찍어 가세요"라고 했다. 이후로 우리 서점에 도움이 되었는지 안 되었는지는 모르겠고 예매처를 하라며 군데군데서 연락이 왔다. 예매처로 지정이 되면 공연 주최 측에서 각 예매처마다 초대 티켓을 몇 장씩 준다. 덕분에 주위 사람들에게 초대권으로 선심 아니 생색은 낼 수 있었다. 어느 누구에게서 들은 말이 생각났다. 포항공대의 어느 건물인가에, 창업자가 학생들이 외국에 나갔을 때 기죽지 말고 당당하라고 내부 시설을 삐까번쩍하게 꾸며 놓았다고 한다. 나 또한 앞의 과정을 거치면서 자신감을 좀 얻지 않았을까 싶다.

자리 잡은 아내의 학원을 정리하다

　나는 교재 확인을 위해 학교 전체의 교수연구실을 오전에 한 바퀴 오후에 한 바퀴, 저녁에는 책을 구하러 다닌다고 시내 대형서점으로 동분서주 뛰어다녔다. 그러다 보니 서점에 붙어 있을 시간이 없었다. 전산시스템은 너무나 비용이 많이 들어 생각할 수도 없었으니 재고파악은커녕 도서의 유무조차도 판단이 쉽지 않았다. 서점에는 아가씨 직원만 한 명 있었는데 혼자 하기에는 버겁기도 하고 여러 가지로 어려운 점이 이만저만이 아니었다. 이 무렵 아내의 피아노교습소는 학원으로 성장해 보조 선생님도 한 명 두고서 나름 보람을 찾아가는 중이었고 학원의 벌이도 일반 직장인의 평균치보다 나쁘지 않았다. 말을 꺼내기가 미

안했지만, 아내에게 상의를 좀 하자며 어렵게 말을 끄집어
냈다.

"당신 일도 중요하지만, 그 일을 접고 나를 좀 도와주었
으면……."

아내는 나의 설명을 듣고는 한참 망설이더니 "어쩔 수
없네요. 그래도 원생들에게 약속한 날짜까지는 지켜주고
요"라고 말했고, 이렇게 해서 합류를 했다.

✱✱✱ 두 번째로 맞는 2학기 신학기가 다가오고 있다.
아무리 뛰어다니며 교재를 구해 봐도 10%의 종류도 확보
하지 못한 채 개강을 맞이했다. 목이 좋아서 학생들은 물
밀 듯이 밀려 들어왔다. 그러나 교재가 제대로 준비되지
않아 대체로 빈손으로 나가야만 했고, 이런 모습을 하루
이틀 지켜보고는 너무나도 힘이 들어 학생들이 가장 많이
몰려오는 등하교 시간대에는 오히려 보지 않으려고 건물
뒤의 주차장으로 빠져나가 줄담배를 피우며 한숨을 지어
댔다. 이런 와중에 동쪽 편에 도로가 새로 생기면서 학교
에 동문이 새로 하나 생겼다. 물샐틈없는 경계를 위해서

는 통발이 정문과 동문에 두 개가 필요했다. 아파트를 팔고 동문에다 서점을 하나 더 열었다. 그래도 수입은 거의 없었고 지출만이 늘어나고 있을 뿐이었다. 살 집을 마련하려고 시골 빈집을 알아보려는데 마침 전봇대에 붙어 있는 '월세 놓습니다'라는 쪽지를 발견하고는 전화기를 돌렸다. 20여 분 뒤 주인아주머니가 우리 서점으로 방문했다. 서점을 둘러보고는 깨끗하다는 생각이 들었는지 "에구! 그런 집에서 살 사람들이 아니네요?"라고 했다. 따라가서 집을 보니 정말 마구간 같은 집이었다. 그러나 나에게는 선택의 여지가 없었다. 보증금 오백에 월 20만 원으로 계약을 하고 엉성한 둥지에다 새들을 몰아넣었다.

나를 담금질하다

    두 학기를 경험하고 나니, 베테랑급의 구내서점을 이길 수 있는 방법이 무엇인지 분명하게 알 수 있었다. 필요한 교재를 제 종류별로 수강인원 수만큼 확보하는 것만이 그 길이었다. 서울에 있는 출판사들을 아무리 찾아다녀 봐도 별 도움이 되질 않았다. 닥치는 대로 이리저리 알아본 결과, 대구 시내에 있는 한 대형서점에서 해결책을 찾을 수 있을 것 같았다. 대형서점은 몇 개의 출판사와는 대구권 총판을 하고, 교재출판사에 관련해서는 거의 다 거래한다는 것을 알아냈다. 이날 이후로는 서점에 출근하자마자 아내에게 기본적인 것을 설명하고는 곧장 대형서점으로 달려갔다. 스스로 일도 거들며 마음에 들려고 노력했다.

가끔 교재를 몇 권 사서 차에 싣는 날에는 바로 아내에게 전화해서 "ㅇㅇㅇ 몇 권, ㅁㅁㅁ 몇 권을 가져가니 손님이 찾으면 한 시간 이내로 도착한다고 말해" 하고는 신나게 페달을 밟았다. 이 대형서점에는 출판사의 영업담당자들도 많이 찾아왔다. 운이 좋은 날은 이 서점의 영업담당자와 출판사의 영업담당자들이 저녁을 먹을 때 나도 은근슬쩍 끼어들어 횡재를 맞는 날도 있었다. 이런 날엔 입이 닳도록 우리 서점 이야기를 하며 "우리 학교에 영업차 내려오면 꼭 한번 들러 주십시오. 제가 소주 한잔 사겠습니다" 하며 머리를 조아렸다. 이런 일이 몇 차례 있은 후, 정말로 찾아와 주는 영업담당자도 있었다. 이야기들을 들어보면 좋은 이야기도, 때론 듣기 싫은 이야기도 모두가 솔깃하게 들렸다. 출판사의 영업자들도 우리 서점이 새로 생겼다는 것을 대체로 알고 있다며 "좀 기다리면 언젠가는 문이 열리겠지요"라는 소문을 전해주었다. 그중 몇은 각오를 단단히 해야 한다며 나를 강하게 담금질시키는 부류도 있었다. 내가 설레는 마음을 담아 "어떤 소문이 돌아요?"라고 물어봤더니 너무나도 가슴 아픈 말을 들려주었다. "구내서점과 바깥서점이 경쟁해서 바깥서점이 이긴 전례가 없고, 2년도 못 버티고 다 나가떨어진다"라는 말이었다. 이 말을 듣는 순간 처자식들이 확 떠오르며 오기가 솟구쳤다. 그들이 무슨 생각으로 꺼낸 말인지 모르겠지만, 내게는 주먹을 불끈 쥐게 만드는 계기가 되었다.

반전의 기회가 찾아오다

　　날마다 한 발짝이라도 전진하겠다는 마음으로 대형서점을 향해 가속 페달을 힘껏 밟았고, 예나 다름없이 열심히 일을 거들다 보니 아주 좋은 기회가 찾아왔다. 간판급 출판사의 영업국장과 저녁을 먹을 수 있는 자리가 마련되었다. 나는 최대한 굽실거리며 비위를 맞추려고 자는 방까지 따라가며 애를 썼다. 그런데 나의 참을성이 한계에 도달하고 말았다. 영업국장의 어깨에 들어간 후까시(튀어나온 모양)가 마치 낙타 등만 같았다. 거만하기 짝이 없었다. 내가 거만한 거 하고는 차원이 다르다는 생각이 들었다. 나는 고딩 때에는 '뿔뚝이', 성인이 되어서는 '한 성질 하잖아' 이런 소리는 들어봤지만 적어도 약하다거나 고분거리는 사람에게는 그러지 않았다. 쥐뿔도 없는 게, 아니 있어도 마찬가지다. 대가리 바짝 쳐들고 나불거릴 때에는 나도 미치광이가 되는 경우는 더러 있었다. 그런데 '어데 대가리를 조아리는 놈한테'라는 생각이 들자 나는 폭발했다. 일어서서 영업국장의 어깨를 누르면서 "보소, 내가 당신 출판사 책 안 받으마 될 거 아니오" 하며 분위기가 험악해지자, 주위 사람들이 뜯어말려 상황은 간신히 진정되었다. 집에 와서 생각해보니 걱정이 태산이었다. '술도 안 마셨는데 내가 왜 그랬지? 일이 잘 안 풀리니 내가 미친 것인가?' 온갖 괴로움에 잠을 이룰 수가 없었다. 간판급 출판사 영업국장의 마음을 상하게 했으니 '이제 나는 죽었구나, 어떻게 살아가지?' 하다가 마음을 가다듬으며 '내일 전화해서 죽을죄를 지었다고 사과하자'라고 마음을 정리하고 잠을 청했다. 다음 날 아침, 나는 기죽은 마음 상태에서 그 영업국장에게 전화기를 돌렸다. 기어들어 가는 목소리로 "여보세요, 저어 어제 만났던 정문서점의……"까지 말을 하고 있는 중인데, "야, 인마, 다 필요 없고 앞으로 너하고는……"이라며 언성을 높이는 것이었다. 이 말을 듣는 순간, 나는 또 흥분에 빠지고 말았다. 나도 말을 끊어버리고 "뭐, 야 인마? 이 자식이 어제 손 좀 봐주려다가……" 하며 거친 말들이 오가고, 중간지점인 대전역에서 만나 결투를 치르기로 했다. 그렇게 통화가 마무리되려는데 뒤에서 누군가가 나를 툭툭 쳤다. 뒤를 돌아보니 그 출판사의 대구 지사장이었다. "뒤에서 살짝 들어봤는데, 우리 국장 아니가?" 하고는 다소 난처한 표정을 지으며 "아이쿠 참 나, 앞으로 국장한테 좀 씹히겠구만" 하는 것이었다. 이 지사장은 초창기에 내가 어느 서점에서 일을 배울 때, 나의 스승이나 다름없는 사람이었다. 날이 지나 지사장의 말을 들어보니 자신의 실적이 크게 나쁘지 않아 국장으로부터 크게 괴롭힘은 안 당했는데, 그 이후로는 국장이 대구의 어설픈 깡패 만날까 봐 대구에 오는 것을 꺼려했다고 한다.

＊＊＊ 맏형 격인 출판사 영업국장의 심기를 건드렸으니 '하우! 앞으로 어떡하지? 소문이라도 나면 어떡해?' 등으로 머리가 지근지근했다. 그런데 의외의 말들이 들리기 시작했다. '아아, 그 국장 밉상이었는데 자알 당했구만. 강아지가 호랑이를 건드렸네' 등 반전이 일어나며 우리 서점에 영업자들의 방문이 더 늘어나는 것이었다. '야아! 이제 드디어 기회가 오는구나'라고 생각하고는 찾아오는 영업자들을 저녁만이 아니라 술 접대까지 해서 호감을 사려

고 노력했고 출판사의 영업 비수기를 빼고는 거의 매일 술판이 벌어졌다. 이런 일들이 잦아지니 일의 성과는 앞으로 일어나겠지만, 우선은 돈줄이 문제였다. 고민 끝에 부모님으로부터 물려받은 논마지기마저 처분하고야 말았다. 이 시기의 술값을 금액으로 표현하면 아마도 믿기 어려울 정도로 흥청망청(?)이었다.

상대의 마음을 헤아려주는 사람

기억에 남는 영업부장이 한 명 있다. 당시 ㅊ출판사의 영업부장으로, 둘이서 거하게 술을 먹었다. 다음 날 아침, 어제저녁에 같이 술을 마셨던 그 영업부장이 우리 서점으로 일찍이 찾아왔다. 그러고는 흰 봉투를 하나 던지다시피 주고는 사라지는 것이었다. 개봉을 해보니 현금이 ㅇㅇ원이 들어 있었다. 본인이 생각하기에 술값의 절반을 넣어서 준 것이다. 촌이지만 다소 고급술을 먹었기에 적은 돈도 아니었다. 나야 내 일을 성사시키기 위해서였지만 그 영업부장은 정말 자기 생돈이었다. 나는 울컥하면서 '어떻게 이런 사람이 있을까? 어떻게 이런 마음을 쓸 수 있을까?'라고 탄복에 탄복을 거듭하며 한참 동안 봉투를 쳐다보았다.

'이것은 절대 돈이 아니야, 이 사람의 인품이야!'라는 생각이 들었고 '언젠가 나도 복수(?)를 하고 말 것이야'라며 다짐했다.

✱✱✱ 이 시점은 내가 저녁과 술을 잘 사 주기로 소문이 나 있어서 우리 서점은 지나가는 참새들이 쉬어가는 방앗간이나 다를 바 없었다. 이러다 보니 때로는 지나친 경우도 가끔은 있어서 '계속 이 짓거리를 해야 돼? 돈은? 내 몸은?' 등으로 몸과 마음이 시궁창이 되어 있을 때였다. 이런 고민들을 물려받은 논마지기를 팔아먹을 때 부모님께 상의를 하며 지금까지의 과정들을 설명해 드렸더니 "야, 이놈아, 너의 고충은 알겠는데 이러다가 자식 한 놈 버릴 것 같으니 지금이라도 그 일을 그만두고 다른 길을 찾아보자" 하는 것이었다. 내가 "다른 길을 찾는 것도 좋지만 시작한 이상 포기는 없심더. 길을 바꾸더라도 이 일을 해낸 후에 생각해 보겠심더"라고 대답하니 "아이구, 네놈 고집을 누가 꺾겠노? 이제 너 한 몸도 아니니 네가 알아서 해라" 하는 것이었다. 나의 기질이 성인이 되어서는 좀 변한 것 같다. 좋은 것이든 나쁜 것이든 무얼 시작하면 중간에 멈추는 경우는 잘 없는 것 같다.

✱✱✱ 외적인 어려움과 내적으로도 갈등이 심한 시기에 상대방의 처지를 생각해주는 조 부장 같은 사람을 만나며 나는 다시 희망의 끈을 이어가게 된다. 시간이 한참 흐르고 출판사 사람들과 서점 사람들 간의 친목 회의가 서울의 한 식당에서 있었다. 4~50명은 족히 모였는데 우연하게도 바로 앞에서 언급한 ㅊ출판사의 조 부장과 내가 한 식탁에 마주 앉게 되었다. 술을 한잔, 두잔 주고받으며 이야기를 나누는데 부장의 얼굴이 많이 굳어 있었다.

"와아! 뭔 일 있어요?"

"우리 출판사도 이제 2세에게로 넘어가는 분위기인데 앞으로 어떻게 해야 할지 고민이라서."

"뭐 부장님이 교육시키면서 키우면 되지."

"그렇게 되겠어요? 처음에야 가능할지 모르겠지만, 나도 이제 나이도 있고, 독립하려니……"

이때 나는 바로 우레 같은 응원을 보냈다. "부장님! 당신 같으면 충분히 해낼 수 있고 주위에서도 엄청 많이 도와줄 거예요" 하며 힘을 실어 주었다. 물론 내 말 때문에 한 것은 아니겠지만 독립을 했고 현재 승승장구하고 있는

ㅂ출판사의 조 대표이사이다. 이후에도 특정 출판사와 만 4년 반 동안 치열하게 법정 싸움이 진행 중에 있을 때 안부차 전화를 했는데도 동부인해서 소주잔을 기울이며 나를 맞아 주었던 당신, 진정으로 고맙게 기억하며 내 맘 어느 한구석에 자리하고 있어요!!!

나의 피로회복제

　돈도 몸도 바닥이 났고 이제 정신력밖에 남지 않았다. 이 어려운 시기에 어떻게 셋째를 만들 힘은 남아 있었는지, 늦둥이는 태어났고 마구간 같은 집에 들어서면 제비 새끼 세 마리가 좋알거리며 '아빠' 하고 반가워한다. 하지만 나의 마음은 어미 새가 먹이를 물어 주듯 꼭 내 입을 쳐다보며 먹을 것을 달라고 재잘거리는 것만 같았다. 이런 모습을 보면서 나는 더 강해질 수밖에 없었고 '후퇴란 저 제비 새끼들을 구렁텅이로 빠뜨리는 짓이야. 반 발짝이라도 좋다. 전진만을' 하며 두 주먹을 불끈 쥐었다. 일 년 365일 연중무휴는 물론이고 생리현상마저도 참을 수 없을 정도가 되어야 비울 정도로 열심히 일을 했다. 그 결과 세월이 흐르면서 어느덧 거래출판사도 늘어나면서 물량도 증가하고 서점은 조금씩 자리가 잡혀가고 있었다. 물량이 늘어나서 좋은 것은 당연한 일이지만 책의 무게가 장난이 아니다. 이삿짐센터 사람들의 이야기를 들어보면 피아노, 냉장고 등을 제외하면 책이 가장 무겁다고들 한다. 그런데도 남자는 나 혼자라 책 상자를 들고 놓기를 여러 번, 땀은 말할 것도 없고 어깨가 욱신거리고 피로가 극에 달한다. 나는 오십 대에 와야 할 오십견을 삼십 대 말에 당겨서 경험하고 있었다. 통증이 심한 날은 자식들에게 물컵을 건네줄 때도 두 손으로 겸손(?)하게 바쳐야만 했다. 오랜만에 짬을 내어 목욕탕에 들어가도 때를 밀 힘이 없어 한참이나 뜨끈한 탕에 몸을 눕히고는 멍을 때렸다. 몽롱한 정신으로 젖은 몸을 닦을 때면 때가 줄줄 밀려 나왔다. 그러면 수건으로 때를 털털 털고는 물을 뿌리고 그냥 옷을 주섬주섬 입어야만 할 정도로 몸은 파김치가 되어 있었다. 그래도 나의 활력소는 있었다. 지친 몸을 이끌고 집 안에 들어서면 공교롭게도 늦둥이가 오리 변기에 '응가'를 하는 경우가 많았다. 나를 보자마자 똥 묻은 엉덩이로 엉금엉금 기어와서는 나에게 안긴다. 이보다 효과 있는 피로회복제가 또 있을까? 엄마나 아내에게 가끔 듣는 말이 있다. '버럭 성질에 그래도 잘 참아내고 이겨내는 이유는 우리 늦둥이가 자립할 때까지'라는 책임감 때문이라고.

＊＊＊ 우리 늦둥이에게는 특히 미안한 마음이 많이 든다. 늦둥이의 누나와 형은 엄마 아빠가 큰돈을 번 것은 아니지만 맞벌이를 하면서 휴일에는 어디든 떠나곤 했다. 이처럼 나가는 것에 익숙하다 보니 최소한 하루라도 자고 와야만 놀러 갔다 왔다고 생각하지 당일치기는 아무 곳에도 가지 않은 것처럼 생각을 하고는 '왜 우리는 놀러 안 가는 거야?' 할 정도로 참 자주 다녔었다. 근데 서점을 시작하고는 몸도 돈도 시간도 어느 하나 빼꼼한 데가 없었다. 엄마 아빠는 일찍 출근해야 하므로 남들보다 이른 나이에 늦둥이는 어린이집에 맡겨져야 했다. 친구들도 없는 텅 빈 어린이집에 선생님의 손에 이끌려 들어가며, 뒤를 돌아보면서 "엄마, 엄마" 하고 울면서 외칠 때 우리는 찢어지는 가슴을 쓰다듬으며 출근을 했다. 서점에 와서도 한동안은 막둥이의 울음소리가 귀에 쟁쟁해서 바쁜 시간대가 되어서야 잠잠해진다. '막둥아! 우리는 기억한다, 너의 어릴 때의 뼈아픈 그 모습을. 그리고 약속하마. 옛날의 그 정취를 맛볼 수야 없겠지만 우리 같이 여행 한번 떠나자.'

부지런함과 솔직한 마음이
나를 일으켜 세우다

　남자 혼자의 힘으로는 일 처리가 버거울 지경에 이르렀다. 남자직원을 한 명 구했다. 아직도 물량확보가 관건이다 보니 힘이 드는 일은 남자직원에게 맡기고 교수연구실만 찾아다니며 사용교재가 무엇인지를 확인했다. 지금이야 강의 지원시스템이 있어서 서점 실정에 맞도록 약간 변형을 해서 엑셀파일로 받아 본다. 당시는 구내서점과 정문서점의 경쟁으로 사용교재 확인조차도 기득권 때문인지 쉽지 않았다. 지금은 퇴직을 한, 특정 교수의 이야긴데 사용교재를 가르쳐주지 않았다. 그런 일이 몇 차례 반복되다 보니, 나는 그 연구실을 통과하고 지나다녔다. 어느 날, 그 연구실 앞을 지나가고 있는데 큰 소리가 들렸다.

"보이소, 여기도 좀 들어와 봐요."

연구실로 들어갔더니 "아이쿠 내 참, 이만큼 부지런한 사람은 처음 보네" 하면서 오히려 나를 기다린 것처럼 사용교재를 적어 놓은 쪽지를 건네주는 것이었다. 이런 노력으로 사용교재를 알아내는 일도 어느 정도 해결이 되고 서점도 다소의 안정기를 찾아갈 무렵 새로운 큰 소식을 접하게 된다.

✳✳✳ 구내서점의 공개입찰공고가 나온 것이다. 공고문을 쭉 읽어 보니 조건이 꽤나 까다로웠다. 최고입찰가는 기본이고 가장 중요한 것은 '학생들의 교재공급에 차질이 없어야 한다'였다. 교재목록을 만들고 정보력을 총동원해서 입찰 설명을 하는 자리에 앉았다. 많은 업체가 참여를 했다. 교재를 취급하는 서점도 있었고 일반 서적을 취급하는 서점도 있는 것 같았다. 입찰 당일, 자리에 앉아서 주위를 살펴보니 '교재를 취급하는 서점들만 앉아 있겠구나'라는 생각이 들었다. 입찰용지를 받아 들고, 되겠다는 의지 하나만으로 무리한 금액을 적어 넣었다. 잠시 후 결과가 발표되었다. '정문서점의 서재윤으로 낙찰되었습니다.'

아니, 웃어야 할지 울어야 할지 어안이 벙벙했다. '이 금액
으로 과연 내가 해낼 수 있을까? 아니야, 어떻든 최선을 다
하는 거야.' 그러고는 구내서점 주인과 인수인계에 들어갔
다. 인수인계도 도서대, 비품대, 약간의 권리금 등 난관에
봉착하며 한 학기 장사를 기존 주인에게 빼앗겼고 한 달여
뒤 우여곡절 끝에 인수인계는 마무리되었다. 비록 한 달
이라는 짧은 기간이지만 신학기와 후학기 초의 매출이 전
체 매출이나 마찬가지기에, 사실 일 년 치 장사의 거의 절
반을 놓친 셈이 된다. 나의 낙찰 욕심으로 최고가의 입찰
금액에 구내서점을 운영하게 되다 보니 어쩔 수 없이 일반
서적에 한해 일부 할인을 하고 있던 도서들도 정가로 판매
하기에 이르렀고 급기야 학생들의 원성이 터지고 말았다.
역시 학생들의 반응은 빨랐다. 근본 원인은 할인문제인데
여기에다 불친절 등 안 좋은 말은 죄다 쏟아졌고 학내 대
학신문에 반면을 차지할 정도로 커다랗게 실려 버렸다. 다
음 날 아침, 신문을 본 관련 최고 책임자의 호출이 바로 이
어졌다. 나는 호출의 이유를 알았고 신문을 들고 책임자의
방에 들어갔다. 나를 본 책임자는 별말 없이 내 손의 신문
을 넌지시 내려다보며 한마디 했다.

"신문에 난 내용이 사실이에요?"

"예, 맞습니다."

"알겠으니 지금 돌아가는 즉시 바로 종전처럼 똑같이 하세요."

" 예, 알겠습니다."

실은 할 말이 너무나도 많았다. '이건 맞고예, 저건 아니고예, 요거는 보태진 거고예…….' 그러나 나는 아무런 변명도 하지 않았다. 문을 나서는데 직접 방문을 열어 주고는 내 손을 꽉 잡아주면서 "열심히 해요" 한마디 던져주었다. 그 손의 따스한 온기를 지금도 잊을 수 없다.

★★★ 그분은 과연 내가 설명하고 싶은 이야기가 무엇인지 몰랐을까? 왜 아무런 변명도 하지 않을까? 등 나는 그분이 구체적으로 나의 설명을 듣지는 않았지만 '아, 너 정말 솔직하구나. 그런 마음이라면 나는 너를 믿을 수 있을 것 같아' 아마 이런 생각으로 나의 마음을 읽은 게 아닐까 생각한다. 요즘도 나는 문제 해결을 주로 이런 식으로 한다. 반대입장의 경우도 상대가 자식이든 일반이든 변명만 늘어놓으면 해결책에 도움이 안 된다. 사실대로 이야기

하면 어떤 방법을 찾아서라도 해결해 보려고 노력한다. 이
게 자랑인지 내가 바보인지 모르겠지만 이 방법으로 살아
오면서 드물게 안 되는 경우도 있었다. 하지만 대체적으로
는 해결이 되었다. 해결이 안 되었던 드문 사례 중에서도
특히 기억에 남는 이야기는 뒤에서 잠깐 언급할까 한다.

학생 대표들을 만나다

다시 앞부분에 이어서 학내 신문에 난 사건이 본관에서는 무마가 되었지만 더 큰일이 나를 기다리고 있었다. 총학생회에서 나를 부른 것이다. 내용인즉, 내일 총학의 대표들과 청문회(?)를 하자는 것이었다. 학생회관 로비에다 자리를 배치하고 전교생이 다 들을 수 있게 방송을 하자고 했다. 다리가 후들거렸다. 사실을 말하는 것은 큰 문제 아닌데 '마이크 체질이 아닌 내가 어떻게……' 고민에 빠졌다. 평소에도 내 목소리가 마이크를 통해 나가서 스피커로 다시 내 귀에 전달되는 것은 영 익숙하지가 않다. 지금도 마찬가지다. 노래방에서야 친구들과 어울려 마이크를 잡고 목이 터지라고 소리 지르지만, 이때에는 이미 술로 맛이 간 상태이니 느끼지를 못한다. 그런데 생생한 정신으로 마이크를 잡아야 된다니……. 아니, 어떻든 간에 나에게는 선택의 여지가 없다. '자료준비를 하자.' 그러고는 지정 자리에 앉기 전 서점 안에서 성호를 그으며 '솔직하게 이야기하겠습니다' 하고는 지정 자리에 앉는데 걱정과는 달리 희한하게도 마음이 차분해졌다. 질문과 대답으로 갑론을박이 100여 분 이어졌고 대체적으로는 나의 말에 수긍하는 분위기였다. 그러나 일부 몇몇은 '그것은 너 사정이고'라는 식이었다. 일반사회에서도 8:2란 말이 있듯이 전체를 만족시킨다는 것은 불가능하다는 말이 실감났다.

＊＊＊ 구내서점을 운영해보니 밖에 서점에서는 느끼지 못했던 또 다른 어려움이 있었다. 학생들의 스폰서 문제였다. 여러 가지 힘든 상황 속에서 궁핍한 생활을 하고 있는 중인데 행사 때면 스폰서 의뢰가 여러 군데서 들어왔다. 하자니 돈이 문제이고 안 하자니 미움만 살 것 같았다. 궁리 끝에 '나의 사는 모습을 그대로 보여주자'며 학생 대표들을 우리 집으로 저녁 초대를 했다. 학교 뒤 사잇길 언덕을 내려와 작은 개울을 건너면 마구간 같은 우리 집이

보인다. 학생 대표들과 대문을 들어서기 전까지만 해도 자기들끼리 웃고 장난치며 걸어왔다. 그런데 대문을 들어서는 순간 약속이나 한 듯 다들 조용해졌다. 아내가 준비한 음식들로 저녁을 먹으며 정문서점과 구내서점에서의 어려웠던 과거들을 설명하고 이 집에서 살 수밖에 없는 이유를 설명했다. 소주가 몇 순배 돌아갈 즈음 어느 누군가가 적막을 깨뜨렸다. "사장님, 이런 집에서 사는 줄은 몰랐어요. 그리고 맘도 알겠어요" 하는 것이었다. 이후로는 스폰서에 대한 애로사항은 많이 걷혔다.

시작부터 완전 무장해야

특정 출판사와 4년 반 동안 법정에서 치열하게 싸운 적이 있다. 마지막 느낀 점만 이야기하자니 이해가 덜 될 것 같아서, 긴 기간의 사건이라 추려도 좀 길지 싶다. 내가 분명히 기억하는 사건의 진실은 이러하다. 내가 바깥에 외출 중일 때 ㅋ출판사의 영업부장에게서 나의 폰으로 전화가 왔다. "그 학교의 저자 교수가 이번에 출판을 했는데 수강인원이 150명쯤 된다고 하니 100부의 금액을 송금하고 사가라"는 것이었다. "귀 출판사는 반품을 10%만 허용하니 서점에 들어가서 확인한 후에 주문을 할게요" 하고 서점으로 들어왔다. 수강인원을 확인하니 정확히 123명이었다. ㅋ출판사로 연락을 해서 여직원과 통화를 하고서 50

부를 주문하고 60만 원을 송금했다. 얼마 후 여직원이 내게 전화해 "책은 보낼 수 없고 60만 원을 도로 송금을 받으라"고 했다. 내가 물었다.

"여보세요, 그 출판사는 반품을 안 받아 주는데 남으면 그 책은 어떻게 해요?"

"윗선에서 출고를 금지시키니 어쩔 수가 없네요."

"아니요, 책을 받으려고 송금했지 도로 돈을 받으려고 송금한 건 아니에요."

그렇게 통화를 끝냈다. 추가 설명을 좀 하면, 출판사에서는 우리 서점이 돈을 내고 100부를 사라고 하고, 나는 50부 정도밖에 팔리지 않을 것 같으니 50부만 사겠다이다. 100부를 사 와서 다 팔지 못하고 남는 도서는 타 출판사의 경우는 100% 반품을 받아 주니 손해가 없지만 ㅋ출판사는 반품을 받아 주지 않으니 적자 판매가 되는 셈이다. 이러니 나는 100부를 사서 다 팔 자신이 없으니 50부만 사겠다는 것이다. 학기 중에 엄청 바쁜 시기지만 일은 손에 잡히지 않고 화가 머리 꼭대기까지 올랐다. 지금까지도 이토록 화가 난 경우는 잘 없었다. '어떻게 갑질을 해도 이렇게까지 할 수 있어. 이런 출판사는 처음이야.' 아무리 생각해도 이해가 되질 않았다. '이 출판사 단단히 고쳐줘 야겠어'라는 생각에 나를 주체할 수가 없었다. 바쁜 것은 뒷전이 되었고 '공정위원회로 신고를 할까' 하다가 그래도 상대가 너무 크게 다칠까 봐 공정거래조정원으로 서류를 만들어 신고를 했다. 며칠 뒤 공정원에서 양쪽을 불렀다. 상대는 대표가 나오지 않고 실장이라는 사람이 나왔다. 앉 자마자 "그 서점만은 반품을 다 받아 줄 테니 신고를 취하 해 주세요"였다. 내가 무슨 정의파라고.

"그건 아니지요. 다 똑같은 입장인데 다른 서점도 마찬 가지지요."

이렇게 해서 조정은 깨어지고 공정위원회로 올라갔 다. 공정위에서는 달이 지나도록 나를 부르지도 않았다. 또 화가 치밀었다. 공정위로 전화해서 "왜 안 불러주는 겁 니까? 잘못하면 나 돌아버려요"라고 한 후, 며칠 뒤 호출이 왔다. 공정위는 사무실로 바로 올라가지 못하고 민원인 대 기실이 따로 있었고 담당자가 내려와서 의뢰인을 데리고 올라가는 방식이었다. 기다리며 옆 의뢰인들의 이야기를 들어보니 내가 정말 가관이었다. 기본이 수백억 이상의 사건들이었다. 나는 60만 원짜리 사건이니 부르지 않을 만도. '쯧쯧.' 조금 기다리자 상대도 도착했고 이어서 담당 사무관이 내려와서 우리를 데리고 검색대를 통과해서 사무실로 올라갔다. 사무관이 이렇게 말했다.

"우린 전국에 ㅇㅇㅇ의 인원으로 일을 합니다."

즉, 공정위 직원들이 너무 바쁘니 잔챙이는 좀 빠져달라는 뜻으로 이해가 되었다. 결론은 여기서도 나질 않았다. 처음에는 '당연한 것을 무슨 자료가 필요 있어'라고 생각했지만 이제야 깨달았다. 이때부터 자료 수집을 하고 탄원서를 만들어 전국의 대학서점과 출판사를 대상으로 가까이는 찾아가서 도장을 받고 먼 곳은 팩스로 전송을 받아 민사소송을 제기했다. 나는 60만 원 사건이지만 경우가 맞지 않아 화가 난 일이고, 상대는 회사 전체의 명운이 걸린 일이어서인지 변호법인도 대형 로펌을 선정했고 '준비서면'에 등재된 대표변호사는 과거 언론에 보도되었던 유명한 사건으로 S회사를 변론한 거물급 변호사였다. 재판 결과는 여기서도 마찬가지였다. 다시 서류를 보완하고

항소를 했다. 고등법원 재판에서는 꼭 대표자가 출석해야만 되어서인지 이번에는 출판사의 대표자가 법정에 참석했다. 재판 결과는 '원고 일부승소판결'로 설명했지만 내 판단으로는 '원고 완전패소판결'이었다. 법으로는 이길 재간이 없다는 것을 깨달았고, 재판이 끝나고 나오면서 상대의 대표를 불렀다. "대구까지 내려왔으니 내 밥 한 그릇 살 용의가 있으니 같이 가자"고 했다. 하지만 "예, 재판 다 끝나고 나서 연락 한번 하겠습니다" 하고는 줄행랑치듯 가버렸다. 다시 상고를 하려고 자료준비를 하면서 법을 아는 친구에게 물어봤더니 대법원에서는 더 이상의 준비 자료는 필요가 없고 기존 자료 내에서 법리 해석이 올바르게 되었나를 판단하는 재판이라며 미친개한테 물린 셈 치고 그만하라고 했다. 여기서 깨달은 점이 꽤나 많다. 결론부터 말하면 첫 단추를 잘못 끼운 것이다. 주문자가 필요한 양만큼 주문하는 게 순리이지 공급자가 양을 결정하는 것은 소위 말하는 '밀어내기'와 마찬가지 아닌가? 이런 단순한 생각으로 '당연한 것을 뭘 자료를 준비하고 자시고 할 게 있어?'라고 생각한 자체가 잘못이었다. 어떤 싸움이든 시작을 하게 되면, 영화 제목처럼 '인정사정 볼 것 없다'라는 마음으로 초전박살을 낼 태세로 자료준비를 완벽하게 하고, 상대의 대처과정을 보면서 느슨해져도 될 거 같다. 처음부터 이렇게 준비를 하고, 또 법정인 쟁점으로 미리 서둘렀다면, 그리고 보존 유효기간도 놓치지 않고 법정에서 '사실조회'를 신청해 상대와 통화한 기록이 확인되었다면, 이토록 허망한 긴 싸움은 없지 않았을까 싶다. 재판이 진행되는 동안에도 오기가 여러 번 발동해서, 엉뚱한 짓을 저지르려고 벼르고 있었다. 이때 아내가 눈치를 채고는 '제발, 제발' 하고 파르르 떨며 '이것 이기고 더 큰 것이 날아가면 어떡할래요' 한다. 마음을 진정시키고 가만히 생각해보니 정말 '빈대 잡으려다가 초가삼간 태우는 꼴'이 일어나지 말라는 법이 없지 않은가? 한 번 더 강조하고 싶다. 어떤 싸움이든 다툰다는 것은 체력 소모에 시간, 때로는 비용도 든다. 손자병법에 나오는 것처럼 싸우지 않고 해결하는 게 가장 좋은 방법이겠지만 피할 수 없는 경우라면, 사전에 철두철미하게 준비하는 것만이 이길 수 있는 길이라는 것을.

싫은 소리 듣기 전에

어느 전문대학에서 교재 판매를 서점이 아닌 출판사에서 운영한다는 소문을 들었다. 출판사와 서점은 불가분의 관계지만 최종 소비자에게 도서를 파는 것은 서점의 몫이다. 출판사의 고유 업무와 서점의 할 일을 구분해야 한다는 명분으로 이 출판사의 2인자를 좀 만나자고 했다. 사실은 내가 하고 싶은 욕심이 생겼다. 저녁을 먹으면서 소주를 주고받고 하다가 슬그머니 말을 끄집어냈다. 기분을 확 끌어올려 주려고 "부사장님, 거대한 출판사에서 무슨 서점을 운영합니까? 위치도 내가 훨씬 가깝잖아요. 나한테 양보하시죠?" 하니 "어어, 그게 그렇게 막 되는 것이 아니고 학교하고도 이야기가 되어야 하고⋯⋯"라는 답이 돌아왔다. 틈이 보였다.

"아아, 학교는 내가 찾아가서 잘 말씀드릴게요."

나하고는 나이가 거의 비슷해서 말을 하기가 부담이 적었다. 그러고는 학교의 최고 책임자에게 찾아가기 전에 먼저 손편지를 써서 보냈다. 그리고 일주일 정도가 지나 학교를 찾아갔다. 앞에서 아가씨한테 차일 때에 글씨체가 꺼께이(악필) 기어간다고 언급했던 걸 기억할 것이다. 못 쓰는 글씨를 너무 정성 들여 쓰면 유치원생이 글씨를 배우는 것처럼 딱딱한 고딕체 꼴이 나온다. 책임자를 만나자 글씨체가 이야깃거리가 되었다.

"글씨를 보니 성의가 대단하군요."
"예, 제가 워낙에 글씨가 더러워서 죄송합니다."
"그런 뜻으로 한 말은 아니고요."

그리고 담당자하고 상의해보라는 말이 떨어졌다. 집에 돌아온 후, 다음 날 낮에 우리 애들과 개울에서 물놀이를 하는데 콧노래가 절로 나오며 개울이 마치 고급 수영장만 같았고 꼭 회장이 되는 기분이었다. 어느 신문의 콩트에 택시를 운전하는 아버지가 자식의 고시패스 소식을 듣고는 '내가 비록 택시를 몰지만 지금 기분은 비행기를 조종하는 파일럿이 된 듯하다'라고 했던 말이 떠오르는 순간이다.

✳✳✳ 이 전문대학은 신학기 때만 운영되는 간이서점인지라 서점을 인수하고는 교재 판매를 일반 개인판매가 아닌 학교에서 등록금 고지서가 나갈 때 과별목록, 도서대금, 서점의 계좌번호를 찍어 그 봉투 속에 같이 넣어 발송하고, 개강 후 서점에 와서 학생이 입금한 영수증을 제시하면 교재를 공급하는 방식이었다. 이렇게 하니 작은 규모의 학교지만 판매율이 높았고 출판사로부터 약간의 인센티브도 챙길 수 있었다. 이 방식으로 몇 년을 한 후, 이상한 분위기가 감지되었다. 다른 서점에서 우리 전문대학서점에 눈독을 들이고 있다는 소문이 들렸다. 알아보니 사실이었고 곧 내가 물러나야 될 상황이란 걸 알게 되었다. 나는 재확인차 정보력을 총동원했다. 계속 등록금 고지서 봉투 속에 도서대금 고지서도 같이 끼워 넣을 수 있는지가 관건이었다. 확인 결과 앞으로는 어렵다는 것을 알게 되었

다. 현재의 이 방식과 일반판매는 판매율이 엄청나게 차이가 난다. 한마디로 말하면 서점운영이 안 된다는 뜻이다. 이것을 알고는 물러나라는 소리를 듣기 전에 내가 먼저 다른 이유를 대며 그만두겠다고 이야기를 했다. 뒤에 소식을 들었는데, 나 뒤에 들어온 서점은 2년도 못 버티고 그만뒀다고 한다. 남녀 관계에서도 사귀다가 자신이 '그만 만나자'고 하는 것이 낫지 상대의 '이제 우리 그만 만나'라는 소리가 더 아플 것이다. 어떤 일을 하면서도 싫은 소리를 듣기 전에 미리 알아서 하면 인정도 받고 기분도 좋아진다. 안테나를 세우고, 상대에게 차이기 전에 내가 먼저 차는 것이 아픔이 덜하다.

생색과 베풂은 같은 것인가?

우리 학교에도 보건계열 학과가 새로 생기니 나는 뛸 듯이 기뻤다. 그런데 출판사에 주문을 하면 서점으로 오는 교재도 있었고 그렇지 않은 교재도 있었다. 그중에서 교양교재는 서점에서 받아 판매를 하니 판매가 이루어지는데 전공교재는 단 한 권도 팔리지 않았다. 어떤 학생이 우리 서점에서는 팔리지 않았던 그 전공교재를 손에 들고 있는 것이었다. 학생에게 물어보았다.

"손에 쥐고 있는 그 책은 어디서 샀어요?"
"이 책은 과에서 샀는데요."

무슨 말인지 바로 알 수 있었다. 출판사에서 서점에도 출고를 시키고, 특정인(?)의 요청으로 힘에 굴복해서 이중출고를 한 것이다. 서점으로 출고가 되고 나면 학생들의 힘(요청)으로는 출판사에서 절대로 이중출고를 시키지 않는다. 왜냐하면, 서점에서 팔리지 않은 교재는 자신의 출판사로 반품이 되어 되돌아가기 때문이다. 앞에서 설명했듯이 교재라는 것은 수강 학생만이 사는 것이기 때문에 우리 서점의 교재는 당연히 팔리지 않는 것이다. 또 화가 치밀어 올라왔지만, 일단은 참았다. 그리고 출판사에서 수금할 시기가 되어 이 출판사의 대표에게서 서점으로 전화가 왔다.

"지금 ○○인데 몇 분 뒤에 서점에 도착하니 수금준비를 좀 해 주세요."

"예? 아니요, 서점으로 오면 시끄러우니 당신은 밖에서 만납시다."

"어디서요?"

"내가 서점 밖으로 나갈 테니 내 차를 따라오시오."

그러고는 학교 저 앞에 있는 강변의 공사장으로 데리

고 갔다. 가는 중에 온갖 생각이 다 들었다. '내가 왜 또 이러지? 거기 가서 어떻게 하자 말이고?' 한편으로는 후회도 되고 또 다른 한편으로는 '이렇게라도 안 하면 이런 일이 반복될 텐데' 등으로 가까운 거리인데도 꽤 멀리 느껴지며 머리가 복잡해졌다. 공사장에 도착해서 돌 벤치에 나란히 앉았다. 흥분을 최대한 가라앉히고 "어떻게 일이 이렇게 될 수 있어요? 이야기라도 함 들어봅시다" "아 사실 이번 일은……" 하는데 내가 생각했던 거와 완전히 일치했다. 그러고는 덧붙였다.

"앞으로는 이런 일이 없을게요."

과정은 확인되었고 한 개인을 찾아가서 말을 하기엔 입장도 있고, 개인적인 기안 문서를 만들어 20여 장을 복사해서 등기우편으로 각 연구실로 발송했다. 간략한 내용은 이러하다. '신학기 장사로 번 돈은 직장인들의 봉급과 동일하다. 일 년 중에서 1, 2학기 두 번만이 전체 수입의 전부다. 이 두 번 벌은 돈으로 처자식을 먹여 살린다. 이런 점을 널리 이해하여 주시고 부디 좀 도와주십시요' 하며 나 자신의 초라함을 적나라하게 나타내었다. 이런 후,

다음 학기를 맞아보니 발전된 변화가 눈에 보였다. 그런데 유독 안 통하는 사람이 있었다. 당시의 학장으로, 여러 번을 찾아가서 머리를 조아리며 부탁을 해도 '그것은 너 사정이고'란 식이었고 조건도 더러 있었다. 내 자신이 참 처량해지자 이런저런 여러 방법을 곰곰이 생각을 해봤다. '아아, 이런 사람은 나의 순리의 방법으로는 통하지 않는구나'라는 것을 깨달았고 다음 날 다시 연구실을 찾아갔다. 그러고는 앞에서 이야기했던 내용을 재차 물었다. 나의 스마트폰에 담기 위해서였다. 서점으로 돌아와 관계된 출판사의 영업자에게 전화해서 이 사실을 알렸다. 다음 날, 아침 일찍 그 부서의 행정실장이 우리 서점으로 찾아왔다. 아마 해당 영업자가 이 사실을 학장에게 전달을 했나 보다. 실장의 첫마디는 "지난밤에 잠을 한숨도 못 잤대요. 나를 봐서라도……"였고, 나는 "아니, 우리가 잘 지내는 것하고는 별개예요. 여기에 대해선……" 하고는 돌려보냈다. 가끔 학생들을 위한답시고 약간의 할인을 해서 학생들에게 판매가 되는 경우가 있는데, 이럴 때에 내 마음은 엄청 상해서 일이 손에 안 잡힐 정도다. 조심스럽지만 말을 하고 싶다. 진정으로 학생들을 위하는 순수한 마음일까? 그리고 이런 말도 해 보고 싶다. 베풂과 생색은 다르다는 것을. 베푼다는 것은 자기 것을 내어주거나 자신의 희생이 따를 때에 더 가치가 있고 떳떳하지 않을까?

✱✱✱ 단체의 힘은 상당히 강하다. 생활하다 보면 나 개인과 상대 집단의 개인이 다툴 일도 있다. 때로는 순리의 방법이 통하지 않을 때도 있다. 하지만 대부분의 경우 원칙을 향해서 열심히 싸우고 빠른 시간 내에 상대 단체의 리더를 먼저 찾아가서 부드럽게 내용을 설명하고 양해를 구하는 것이 원만하게 해결하는 일이 아닐지?

우리는 때론 갑의 위치일 때도 있고 을의 위치일 때도 있다. 그래서 세상은 공평하다는 말도 있다. 어디에선가 읽은 이야기이다. 남편이 아내에게 화를 내고, 아내는 아이를 쥐어박는다. 아이는 개의 배를 차고 그 개는 남편을 문다. 나도 언젠가는 개에게 물릴 수 있다는 것을 생각하며 우리 갑질하지 맙시다.

극소수의 특정인 때문에 이런 말을 하고 나니 많은 분께 죄송한 마음이 든다. 도와주신 많은 모든 분, 진심을 담아 고개 숙여 감사 인사 올립니다.

Chapter 3

세상 들여다보기 -
잡다한 이야기

회사생활 초기에는 프로그래밍이 어려워서, 중간지점쯤에는 여직원들이 나를 무시하는 같아서, 마지막에는 주말 보고서를 쓰기 싫어서, 서점을 시작하고는 특이한 유통구조 때문에 교재를 못 받아서, 일부 ㅇㅇ가 교재를 과사무실에서 판매를 해서(지금은 아님), 재계약 인생을 살아가는 살얼음판의 삶이 깨어질까 봐, 돌아보니 힘들었던 과거들이 정글의 숲을 헤쳐 나온 것 같다. 어느 누군들 순탄만 했으랴. 그러나 가장 가치 있는 것은 자신의 삶이 아닐는지. 지금껏 싸우는 인생을 열심히 살아왔더니 힘이 부치는 느낌이 든다. 잠시 쉰 후, 지금까지 살아오면서 느꼈던 생각들을 삶과 연결해서 이어가 보겠다.

잠깐 쉬어가기

잠깐 쉬면서 퀴즈 하나 풀고 가자. 청춘 남녀가, 아니 꼭 청춘이 아니라도 비슷한 생각이 아닐까 싶다. 남녀가 사귀면서 순서에 입각해서 손도 잡아보고, 포옹도 해 보고, 키스도 해 보고 이제는 좀 더 진도를 빼고 싶어 한다. 남자가 잔머리를 굴렸다. 자기들의 집하고는 좀 거리가 있는 곳으로 드라이브를 했다. 그러다가 어느 식당에 들어갔다. 저녁을 먹으면서 술도 약간의 취기가 오를 정도로 마셨다. 단, 여기서는 여자는 술을 못 마시는 것으로 간주하자. 남자가 여자에게 한마디를 던졌다. "ㅇㅇ야, 오빠가 술이 좀 되어서 운전을 못 할 거 같아, 우리 술이 깰 동안 어디에서 좀 쉬어 갈까?" 자! 여기서 문제. 이럴 경우, 남자가 여자로부터 가장 듣기 싫은 말은 무엇일까?

......

적게 먹고도 배부른 사랑

어느 부모님이든 자식들에 대한 사랑은 다 한결같은 마음일 것이다. 어느 날 아내와 둘이서 아무런 계획 없이 청도의 시장 안에 있는 국수집으로 차를 몰았다. 청도를 가려면 부모님이 사는 집 앞을 지나가야 한다. 통과하자니 괜히 뒤통수가 당겼다. 부모님 집으로 들어갔다.

"엄마, 아부지, 우리 심심한데 드라이브나 하입시더."
"응, 그래 좋지!"

이렇게 해서, 청도 쪽으로 가고 있었다. 앞자리에 탄 아내와 둘이서 소곤소곤 말을 했다.

"아무 계획 없이 나왔지만 부모님 모시고 국수 먹기는 좀 그렇잖아?"

돈은 가진 것이 거의 없고 아버지께 물었다,

"아부지, 우린 돈이 없는데 혹시 돈 좀 갖고 있습니껴?"
"그래 우리 밥물 돈은 되지 싶다."

이 말을 믿고 경주 산내의 소고기 집으로 방향을 돌렸다. 식당에서 음식을 주문하기 전 "아부지, 얼마 있십니껴?" "아, 여기" 하고는 주머니의 돈을 다 털어냈다. 금액을 보니 소고기는커녕 비빔밥도 제대로 먹기 힘들 돈이었다. 각자의 주머니를 다 털고 차에 가서 잔돈 통까지 다 합치니 3인분은 주문할 수 있었다. 양이 적으니 서로 쳐다보며 "아, 나는 마이 먹었으니 너거 먹으라" "아니요, 우리는 평소에 가끔 먹으니 많이 드세요" 이러는 동안 아버지는 원래부터 술을 너무나 좋아하고 나도 즐기는 편이라 금방 소주 빈 병이 몇 개나 되었다. 식사가 끝나고 고기 불판을 보니 소고기가 반 정도는 남아 있었다. 이처럼 부족했던 고기가 남아도는 이 광경, 아마도 사랑으로 배를 채우지 않았을까?

    ✻✻✻ 그런 아버지가 89세의 연세로 세상을 떠나셨다. 잘 쓰는 글씨는 아니지만, 아버지는 붓글씨에 취미가 있었다. 서예원이 4층이었는데 버스를 타고 지팡이를 짚고 힘든 숨을 몰아쉬며 오르내리곤 했다. 작품전시회가 있는 날이면 누구에게나 다 주는 상을 자식들에게 자랑하려고 다들 오라고 한다. 그러면 우리는 꽃을 한 송이씩 들고 가서 아버지의 작품에다 꽃송이를 테이프로 붙인다. 그런 날은 아버지의 기분은 날아가는 날이다. 그런데 어느 날, 서예원의 한 사람이 엄마에게 전화를 해서 이랬단다.

    "당신 영감님, 이제 서예원에 안 나왔으면 좋겠어요. 서예원에 올라와서 한참을 씩씩거리는 모습이 별로 안 좋아요."

    이 말을 들은 엄마는 아버지께 "영감님, 이제 고마 서예원 가지 말고 집에서 쉬소"라셨고, 이렇게 해서 아버지는 집 안에 갇히게 된 후 불과 한 달여 뒤 병원에 입원을 하게 되었다. 일반병실에서 며칠 있고는 바로 중환자실로 옮겨졌다. 나의 자랑 같지만 정말로 하루도 빠지지 않고 퇴근 때면 곧장 병원으로 달려갔다. 이러기를 20여 일, 병원을 가면 화나는 경우가 종종 있었다. 하루는 일부러 병원으로 가지 않고 친구들과 어울려 술을 마시고 있었다. 하필 내가 빠지는 그날 연락이 왔다, 아버지께서 돌아가셨다고. 여기서 안 좋은 이야기들이 더러 있는데 이 말이 목적이 아니니 생략하기로 한다. 곧장 병원으로 달려가서 눈감은 아버지를 보니 지나간 날들이, 아버지께서 나에게 베풀어 주신 사랑들이, 말투와 행동 장소까지 떠오르며 가슴이 저미어 왔고, 과정들이 주마등처럼 지나가며 뜨거운 눈물이 내 뺨을 흥건히 적셔 내렸다.

오해할 뻔했던 사랑

찬바람이 매섭게 불던 어느 날, 엄마의 "코쟁이들은 우에 사노?"라는 이 말이 불씨가 되어 괌으로 여행을 떠났다. 영어가 안 되는 우리는 시집간 딸내미에게 같이 좀 가자고 부탁을 했다.

"현이가 아직 돌도 안 지났는데 비행기 탈 수 있겠어?"

이렇게 해서 엄마와 우리 부부, 딸과 외손자 5명이 출발을 했다. 출발 전, 엄마에게 기분 좋으라고 자랑을 했다. 엄마하고 여행 간다니 우리 아들 두 놈과 사위가 너무 좋아하며, 가서 맛있는 거 사 드리라고 용돈을 이만큼 이만큼 주더라고 좀 보태서 이야기를 했다. 엄마가 "허! 그놈들 고맙구로" 하며 즐거워했다. 그러고는 "내가 갖고 온 돈도 잃어버릴 수 있으니 너가 갖고 있어라" 하며 나에게 건네주었다. 이 용돈을 자랑한 것이 우리를 눈물 나게 만들 줄은 상상도 하지 못했다. 괌에는 도착했고 먼저 차를 빌려야 하기에 렌터카 영업소로 찾아갔다. 영업소와 공항은 거리가 좀 있으므로 반납은 공항주차장에 해도 된다며 이런저런 설명을 해 주었다. 여행을 마치고 렌터카를 반납할 시점에 손자가 너무 크게 울었다. 차 안에 한참 갇혀 있었으니 답답했을 만도 했다. 하는 수 없이 엄마와 딸과 손자는 공항대기실에 먼저 내리게 했다. 차를 반납하려고 단어를 몇 개 던져서 대화를 시도해 보는데 도통 통하지가 않았다. 비행기 출발시간은 다가오고 차를 내버리다시피 하고는 비행기에 올랐다. 나중에 안 일이지만 여행사나 공항 관계자 등은 합법적 주차이지만, 렌터카의 경우는 아닌지라 주차요원과는 처음부터 동문서답을 했던 거였다. 우여곡절 끝에 우리는 공항에 도착했고, 차를 몰아 집으로 향했다. 우리 집에 도착할 무렵 엄마가 "너거 욕봤고 고맙다. 집에 들어가기 전에 내가 밥 한 그릇 사꾸마" 하는 것이었다. 식사가 끝나 갈 때쯤, 엄마가 "우리 휘기하자", 즉 정산

하자고 했다.

"아니 뭘 휘기하노? 됐다고마."

나는 엄마가 고마운 마음에 '맡겨둔 엄마의 돈을 우리에게 좀 주려고 그러나 보다'라고 생각을 했는데 말하는 투를 들어보니 그게 아니었다. 사태가 좀 이상하다는 것을 알고는 집에 가서 이야기하자며 엄마를 일으켜 세웠다. 아들 사위에게 받은 돈을 내어놓으라는 뜻이었다. 내가 "엄마, 그 돈은 엄마한테 주라고 준 돈이 아니고 여행 가서 구경도 하고 맛있는 거 사 먹으라고 준 돈이라 다 썼다 아니가" 하자 "야들이 뭐라카노, 먹고 하는 거 내 돈으로 다 썼네. 그라마 배에서도 안 뭇고 쇼도 안 봤을끼고……" 하며 소리치는 것이었다. '아, 진짜로 달라는 말이구나'를 알았고 서운한 맘에 가슴이 울컥거렸다. 은행에 가서 돈을 찾아와서 엄마한테 건넸다. 찾으러 가는 동안 엄마가 무슨 생각을 했는지 돈을 보고는 "됐다" 하시며 손자에게 돈을 조금 떼어 주고는 나에게 다시 던져주는 것이었다. 나는 '돈이고 뭣이고 다 필요 없다'는 생각이 들며 서운한 맘을 달랠 수가 없었다. 아내 또한 아무 말도 못 하고 내 눈치만

보는 것 같았다. 엄마가 "내 갈란다, 우리 집에 태워도고" 하며 일어섰다. 나는 배웅하고 싶은 마음조차도 내키지 않았다. 그러다가 '어쩜 오늘의 발걸음이 우리 집 마지막 걸음이 될지도 몰라'라는 생각이 들어 밖으로 나갔다. 아내가 엄마를 모셔드리려 차에 올랐다. 엄마를 바라보며 손을 흔들기는 했지만, 온갖 생각이 다 들며 눈물이 주르륵 흘러내렸다. '할마씨가 노망했나?'라는 생각까지 들었고, 이 이후로는 엄마 집을 한 달여를 가지 않았다. 중간중간에 엄마에게서 한 번씩 전화는 왔다.

"와, 요즘은 코빼기도 안 보이노?"

엄마는 아무런 표시가 없었고 나는 그 마음에서 헤어나지 못하고 있었다. 하루는 엄마와 통화를 하는데 나도 모르게 코가 시큰거렸다.

"와, 무슨 일 있나?"
"아니 그냥"
"아인데 무슨 일이 있는 거 같은데"

이렇게 해서 살짝 설명을 하자 엄마는 바로 전화를 끊어 버리는 것이었다. 한 시간여 후 엄마한테서 다시 전화가 왔다.

"여기 ○○식육점에 있는데 내 좀 태우러 오너라."

엄마 손을 보니 고기를 한 보따리를 사 들고 있었다. 엄마는 전화기를 놓자마자 버스를 타고 곧장 이리로 온 것이었다. 나는 또 울컥했다. '이러려고 그런 게 아닌데.' 일단은 집으로 가지 않고 서점으로 모시고 왔다. 아내를 만나기 전에 대충은 알고 풀어서 가려고.

"나는 아무것도 모르겠고 너거 와카노? 너거가 그렇게 서운해할 줄은 꿈에도 몰랐데이."

엄마가 계속 이야기했다. "야들아, 너거가 하는 거 얼마나 고맙게 생각하고 있는지 아나? 영감 살아 있을 때도 너거가 존데 데리고 가서 구경도 하고 묵고 했지 다른 넘은 누가 해줬노?" 하며 우리를 달래려고 애를 썼다. 약간의 설명을 듣고 진정이 되자 집으로 갔다. 엄마의 사연은 이랬다. 우리를 주려고 적금을 붓는 중인데 요즘 형편이 안 좋아, 적금이 좀 밀려서 그 돈으로 적금을 넣으려고 마음을 먹었단다. 이 말을 듣고서는 아내와 나는 또 눈물이 펑펑 쏟아졌다.

"할마씨야!, 우리도 먹고사는 데는 지장 없다. 맛있는 거 사 먹고 해라."
"어데 못 먹고 산다고 줄라카나, 너거가 잘하이 마음이 그래 가는데 우야라꼬."

어떻게 자식들이 이 심오한 부모님의 마음을 헤아릴 수 있으랴? 오해를 풀고 엄마 집으로 모셔드리는데 도착할 때까지도 감사한 마음에 눈물이 마르지 않았다.

엄마의 18번 곡

아버지는 6년 전에 돌아가셨고 엄마는 말 못하는 친고 모랑 둘이서 생활한다. 신학기 중이라 한 달 가까이 되어서 엄마 집을 방문했다. 엄마가 한마디 쏘아붙였다.

"안 죽고 살았네, 너거 본 지가 1년도 넘은 같다. 와! 어데 갈 데가 없더나?"

"아아 요즘 신학기라 바빠서."

"아이 그냥 케봤다. 너거 바쁜 줄 안다. 바쁜데 말라꼬 왔노."

엄마 집은 30분 거리라 가끔은 들르는 편이다. 평소

에 우리가 엄마 집에 가면 엄마가 반가운 마음에 "말라꼬
왔노" 소리를 잘한다. 그러면 "와, 오갈 데가 없어서 왔다.
와!"라고 대꾸하곤 한다. 식당으로 옮기고 고기를 굽는다.

"소주도 한 빨 하자 와."
"쪼매마 무래이."
"기안타 인자 이 나이에 내일 죽어도 여한이 없다."

이렇게 해서 소주를 한 병 나눠 마시고는 내 글에 대해
서 슬쩍 운을 떼 봤다.

"엄마, 내 생활한 거하고 내 생각을 넣어서 책으로 한번
만들어 볼라 칸다. 인자 약 반 정도 썼데이."

"그래 잘 했다. 니 농띠이 부린 것도 썼나? 그렇게 애
를 먹이디마는. 너는 평소에 마음을 잘 쓰니 이것도 잘 될
끼라" 하며 응원을 보내 준다. 아내가 차를 몰고 식당에서
엄마 집으로 돌아가는 중에 엄마는 기분이 좋은지 옛날 노
래를 구성지게 부르기 시작한다. 나도 같이 목청껏 따라
부르고, 엄마의 노래가 끝날 때쯤 엄마가 즐겨 불렀던 '달

밝은 이 한밤에 슬피 우는 두견새야' 노래를 내가 선창해 부르자 엄마는 신이 나서 거의 쓰러질 정도가 되며 차 안은 잠시 노래방이 된다. 말 못하는 우리 고모도 분위기에 젖어 손뼉을 치며 '어 어'를 한다. 연세가 90인지라 곡이 올라갈 때는 혹시라도 엄마가 잘못될까 봐 아내가 나를 쿡쿡 찌른다. 엄마 집에 도착해서 나도 엄마도 인사를 나눈다.

"할마씨! 입맛이 없어도 무야 산데이."

"그래, 무꾸마. 인자 또 언제 올끼고" 하고는 집으로 돌아간다.

충격요법

요즘도 가끔 아지트에서 친구들과 잘 어울려 논다. 놀이란 게 나이 세대에 따라 대체로 비슷할 것이다. 삼겹살에 소주 마시고, 노래 부르고, 음담패설하고 …… 이 정도의 기본은 나도 할 수 있다. 저녁에 소주 먹고 놀 때는 나도 잘 지껄인다. 이러다 보니 친구들이 놀리기도 한다. '아는 단어 스무 개로 사람 웃기는 거 보면 참! 천재야 천재' 이런 소리를 들어도 기분은 나쁘지 않다. 이것마저도 웃으려고 하는 말들이니까. 이 모임의 친구들은 학창시절부터 먹물을 좀 찐하게 먹고 길게 먹고 해서 머리에 먹물들이 좀 들어 있는 편이다. 오늘은 처음 만나는 친구들도 있었다. 이 친구들이 나를 보고 "와!, 재팔 씨, 이것도 좋고, 저

것도 좋고 참 재밌네요" 하며 나를 치켜세워 주는데 누가 싫어하랴. 나는 그냥 웃음으로 답을 했다. 아지트에서 잠을 자고 아침에 다 같이 산을 올랐다가 내려와서 주막집에 들렀다. 부추전에 막걸리가 한 순배 돌아가고는 역사 이야기가 시작되었다. 역사 이야기라 해봐야 어느 왕이 여자가 제일 많고, 어느 왕비가, 어느 공주가 …… 주로 야사이야기다. 야사든 주사든 아는 것이 있어야 좀 거들어 볼 건데 '텅 빈 내 머리' 가만히 듣고만 있었다. 이때 처음 만난 친구가 한마디 던졌다.

"아니, 재팔 씨는 술 안 먹으니 색시네요."

헐, '재팔'이는 내가 부족하다고 놀리면서 부르는 애칭(?)이다. 나는 또 그냥 웃음으로 받아넘겼다. 하지만 나에게는 비수로 꽂히며 나 자신에게 욕을 퍼붓고 있었다. '빈 대가리에서 깡통 소리를 내었구나.' 아침 해장 자리가 끝나고 집으로 돌아오자마자 서점으로 들렀다. 조선왕조실록, 고려왕조실록 도서를 끄집어냈다. 읽어 보니 앞뒤가 뒤엉키며 정리가 되지 않았다. 커다란 백지에다 줄을 쫙쫙 그으며 이름을 넣어보니 조금은 감이 잡히는 같았다.

✱✱✱ 창피했던 일을 한 가지 더 짧게 이야기하면, 한 친구와 동남아의 어느 나라인지는 정확히 기억나지는 않지만, 여행을 갔다. 5~6살쯤으로 보이는 어린애가 바나나를 들고 '천 원, 천 원' 하며 팔고 있었다. 가엾은 마음에 '너 몇 살이니?' 하려고 "You are old"라고 말을 했다. 아무 대답이 없었고, 조금 걸어가다가 친구가 말했다.

"야, 이XX, 알라(어린애) 보고 너 늙었다카마 우야노."

웃어야 할 일인지?

학교에 다닐 때에 공부하고는 담을 쌓았다. 조금 나은 것은 수학이었다. 나중에 시험문제를 풀지는 못했어도 듣는 순간에는 이해를 했던 것 같다. 그 외의 과목은 듣는 둥 마는 둥이었고 특히 영어는 꼴도 보기 싫어서 학업을 포기하고 싶을 정도였다. 어느 계기에 엄마로 인해서 외국어 공부를 해야만 되는 일이 만들어진다. 여기서 '내가 회갑 때까지 실천하고 싶었던, 나 자신과의 세 가지 약속' 중 한 가지를 실천하게 된다. 이렇게 말을 하니 기본은 된 것처럼 비춰질 수 있는데 그런 뜻은 전혀 아니고 더듬더듬 어눌한 말에다가 손발을 섞어가며 길을 묻고, 음식을 주문하고, 방을 예약할 수는 있을 정도다. 상대가 바로 말을 알아들으면 다행이지만 못 알아듣고 되물을 경우에는 스마트폰을 꺼내며 얼굴이 홍당무가 된다. 영어는 물론이고 여러 상식 면에서도 나의 무식함은 친구들로부터 깨닫게 된다.

부드러움이 해결하다

　신학기 준비는 일이 꽤나 많다. 머리로써의 준비 기간은 긴 시간이 필요하지만, 몸으로써의 준비 기간은 약 일주일로 짧다. 이 짧은 기간 내에 전산시스템구성도 재배치해야 된다. 기계치인 나는 케이블 선 두 가닥까지는 혼자서 해결할 수 있지만, 이것을 넘으면 남의 손을 빌려야 한다. 다행히도 유지보수계약이 되어 있어 업체에 부탁해서 처리를 한다. 우리 서점으로 오기로 한 담당자가 약속날짜를 이틀이나 지나도 나타나지 않는 것이었다. 개학일은 다가오고 화가 치밀었다. 성질나는 대로 하려다가 꾹 참고서 전화버튼을 눌렀다.

"여보세요, ○○이지요? 엊그제에 오기로 했는데 요즘 바쁜 시기다 보니 깜빡했나 보죠?"

"아, 예 지금 바로 가겠습니다" 하고는 정말 바로 왔다. 만약에 싫은 소리를 했더라면 어떻게 처리되었을까?

✳✳✳ 우리 친고모는 언어 장애인이라 모든 치료가 무료이다. 요즘 허리도 다리도 아파서 가까운 병원을 다닌다고 했다. 어느 날 엄마 집을 갔더니, 시청에서 날아온 공문이 눈에 들어왔다. 읽어 보니 법정치료 기간을 초과해서 증명서가 필요하단다. 아마 고모는 심심하고 해서 놀이터 삼아 병원을 자주 들락거렸던 같았다. 고모와 함께 해당 병원을 찾아가서 서류를 만들고 가까운 면사무소에 제출하러 갔다. 여직원이 "이 서류는 이리로 오시면 안 되고 '○○동사무소'로 가야 합니다"라고 말을 했다. 가까운 거리라 차도 가져가지 않았고 동사무소로 가려면 거리도 좀 되는지라 난감했다. 부드러운 말투로 이야기했다.

"아, 예 꼭 그리로 가야만이 처리된다면 가야지요, 하하."

"잠깐만요, 제가 조금만 수고하면 그쪽으로 보낼 수 있어요. 여기 두고 가세요, 호호."

웃음에 웃음으로 맞장구를 쳤다.

＊＊＊ 이 이야기는 어디선가 들은 내용으로 앞의 맥락과는 좀 다르다. 추운 겨울에 한 신임병사가 찬물로 빨래를 하고 있었다. 지나가던 장교가 손을 '호호'거리는 것을 보고는 한 병사에게 지시를 했다. "어이, ㅇㅇ병 따뜻한 물을 받아다가 저기 좀 갖다 주게" 하고는 자기 일터로 발길을 옮겼다. 결과는 헛지시가 되고 말았다. 조금 뒤 또 다른 장교가 지나가다 이 모습을 보고는 지시했다.

"어이, ㅇㅇ병 내가 따뜻한 물이 필요하니 이리로 좀 갖고 오게."

잠시 후 따뜻한 물 한 양동이를 들고 왔다.

"그래, 수고했다. 그 물 여기에 두고 가게."

똑같은 지시이지만 방법에 따라 결과는 다르다. 여기서야 지시의 이야기이지만 상대의 기분을 상하지 않게 일을 할 수 있다면 이보다 더 좋을 수 있을까? '누구야 저 일 좀 해'보다는 '누구야 저 일 같이 좀 할까?'로.

음주운전의 대가는?

　오래전, 음주운전으로 면허 정지도 당해보고 취소도 되어 본 적이 있다. 음주운전 교육을 받으면 면허 재취득 제한 기간이 단축되기도 하고, 또 어떤 효과가 있을까 하는 마음에 교육을 받아 봤다. 보호 관찰관의 교육도 도움이 되었지만, 특히 음주운전 가상현실치료프로그램을 시청하면서 한 가정이 음주운전으로 인해서 몰락의 길로 들어서는 것을 보고는 정신이 번쩍 들었다.

　교육 중에 이런 말도 덧붙였다. 면허증을 더 빨리 취득하려면 현장체험 교육도 받으라고. 그러면 또 단축된다고 설명해 주었다. 빨리는 취득해야 하고, 장소를 몇 군데 중에서 선택할 수 있어서 이 지역을 벗어나 포항의 육거리에서 체험을 했다. '음주운전을 하지 맙시다'란 어깨띠를 메고 십여 명이 현수막을 치켜들고는 오가는 차와 행인들을 지켜봐야만 했다. '혹시나 아는 사람이 나를 보지나 않을까' 부끄럽기도 하고, 주어진 몇 시간이 하루만 같았다.

교육을 모두 끝내고는 운전학원을 찾았다. 상담원의 말이 흥미로웠다.

"사람 팔자 모릅니다. 1종을 따면 얼마를 벌고요, 대형을 따면 얼마를 법니다."

솔깃한 말로 들렸고 대형면허를 준비했다. 대형버스에 올라서 뒤를 돌아보니 길이가 기차만 같았다.

"선생님, 도저히 자신 없습니다. 1종으로 가야겠습니다."
"처음에는 다들 그래요. 몇 번만 왔다 갔다 하면 적응되어요."

이 상담원 덕분에 대형면허를 갖고 있어서 편리할 때

도 가끔은 있다. 친구들이나 대가족이 움직일 때에는 요긴하게 사용되기도 한다. 그러나 이런 케이스(음주운전)로 대형면허를 따는 것은 절대 금물이다. 사고는 차치하고라도 단속에만 한 번 걸렸다고 가정해보자. 이 벌금이면 평생을 대리운전하고도 남을 돈이라는 것을.

연금제도

    나도 이제 연금을 수령할 때가 다 되어 간다. 수령 시기가 되어서가 아니라 오래전부터 이런 생각을 해 보았다. 4개의 공적연금제도를 나는 크게 두 가지로 분류해 본다. 첫째는 공무원, 군인, 교원(사학)연금이고 둘째는 국민의 80% 이상을 차지하는 국민연금이다. 이 국민연금도 직장인과 농어민 및 농어촌과 도시지역 주민, 자영업으로 나누어보면, 그래도 직장인은 사업주의 지원이 있기에 그나마 나은 편이지만 공무원, 군인, 교원과는 차이가 있다. 결과적으로 고용자(공공기관 등)의 연금 불입액이 피고용자의 불입액만큼 지원이 되느냐 안 되느냐로 구분된다. 둘째 부류도 첫째 부류와 마찬가지로 자신을 위해 일을 하고 국가에 의무를 다한다고 생각해 볼 수 있다. 지원받지 못하는 국민도 대한민국 국민이고, 세상에는 음과 양의 논리가 있어서 평형을 이룬다고 한다. 즉, 고용주의 지원이 되지 않는 부류도 넓게 보면 국가가 고용주라 생각할 수도 있을 것이다. 그렇다고 지금 당장 같은 대우를 받았으면 하는 뜻은 아니고 '언젠가는 되겠지' 하고 희망해 본다.

실제 바라고 싶은 이야기는 지금부터다. 나이가 들어서인지 주위에 사람들을 만나 보면 연금 이야기가 부쩍 늘었다. 앞에서 이야기한 첫째 부류나 가진 자들은 다소 시큰둥한 반응이지만 둘째 부류의 사람들은 꽤나 관심이 많다. 아마 한 개인에게 평생 지급되는 연금 총량은 정해져 있을 것 같다. 현재의 일률적인 지급방식보다, 총량의 범위 내에서 비록 적은 금액이지만 돈의 쓰임새가 많은 젊을 때는 좀 더 받고 나이가 들어서는 덜 받는 역계단식 방식은 어떨까? 물론 나이가 많이 들수록 병원비가 많이 들어가는 것도 사실이다. 하지만 일률적으로 받았다 하더라도 큰 금액의 병원비가 필요할 경우 연금으로만 대처하기에는 부족할 것이다. 이 설명을 어떤 모임에서 했더니 하나같이 박수를 치는 것이었다. 우리(나) 세대에는 끝이 났지만, 뒤에라도 이루어졌으면 하는 바람이다. 수명이나 물가 인상, 조기에 많은 돈이 지급되는 이자 부담 등 연금계산 법이 더 복잡해지겠지만 관계기관의 노고로 국민이 좀 더 행복해진다면……

환율의 착각

　수년 전에 친구랑 블라디보스토크에 여행을 간 적이 있다. 친구 세 명이서 가기로 되어 있었는데 한 친구가 갈 수 없는 사정이 생겼다. 이로 인해 나랑 친구랑 친구의 여친 세 명이서 여행을 떠났다. 나는 대낮부터 독한 보드카에 빠졌다가 저녁이 되고 혼자서 자자니 옆방이 괜히 떠올랐다. 친구에게 둘이서 한잔하자며 꼬드겼다. 수소문 끝에 한인이 운영하는 술집으로 이동했다. 술에 취해서 기억이 없고, 지금부터는 다음 날 친구가 들려준 이야기이다. 술집에 들어서더니 100루블(2천 원)을 꺼내어 놓고는 온갖 꼴불견을 부리면서 꽥꽥거리더니 나중에는 음식을 게워 냈단다. 이런 모습을 전해 듣고 주인이 나타났고, 결국은 쫓겨났다고.

다음 날 아침, 아마 술이 덜 깬 상태일 텐데도 좀 일찍 일어나는 습관이 있다. 혼자서 나가서는 언어도 안 되는 주제에 택시를 잡아타고서 한 시간여 동안 주위를 한 바퀴 돌고 들어왔다. 택시비를 얼마를 주었느냐 하면 5000루블 (10만 원)을 지불했다. 요금을 받은 택시기사가 나를 향해 꾸벅꾸벅 여러 번 절을 하는 것이었다. 이때까지도 나는 절의 의미를 몰랐다. 숙소로 들어가서 친구한테 이 이야기를 했더니 이러는 것이었다.

"너 미친 놈 아니야? 술집에 가서는 2천 원 내고 꼴값을 떨고, 택시 타고는 10만 원을 줬다고?"

정리해보면 이런 생각이었던 같다. 100루블은 100달러로, 택시비는 고맙다는 마음에 만 원정도 더 준다고 생각하고는 5천 루블을 5만 원으로 착각했던 것이다. 술이 깨고 나서의 생각을 말하고 싶지만 쑥스럽고 부끄러워서 손가락이 오므라든다. 하지만 돈이라는 것, 특히 외국돈이라는 것에 대해 이러저러한 생각을 해 보았다.

평등

가끔 선물을 주고받을 때가 있다. 같은 마음으로, 선물을 주었거나 받았을 때에 선물에 차등을 두어서 주거나 받았다고 가정해보자. 그리고 자신이 받은 선물이 다른 사람보다 못하다고 생각이 들면 그 기분은 어떨까? 이건 선물이 될까 아니면……?

✱✱✱ 누구나 동일하게 사랑한다는 건 정말 어려운 일이다. 사랑을 듬뿍 받고 자란 사람과 그렇지 않은 사람은 얼굴빛이 다르다고 한다. 우리 집에 딸내미로부터 받은 강아지가 두 마리 있다. 한 마리는 사랑을 받고 자란 강아지이고 다른 한 마리는 구박을 엄청 받은 강아지를 누구로부

터 받아서 데려왔다고 한다. 똑같이 대해주지만 받아들이는 강아지는 다르다. 귀엽다고 짓궂게 장난을 쳐도 사랑받은 강아지는 쫄랑쫄랑 덤벼들지만 상처받은 강아지는 도망가기 바쁘다. 왜 이렇게 강아지까지 들먹이며 사랑 타령을 하는가 하면 4장의 '편애 그리고 속마음' 편에서도 나오듯이 당시 우리 문화가 장남 위주의 사회인지라 나는 차남으로 엄마로부터 받고 싶은 사랑의 갈증이 40대 중후반까지 이어졌다. 4장에서야 지나간 이야기이기도 하고 엄마와의 갈등 해결에 도움이 되었다. 이 타령은 온전히 내 자신 때문이다. 지금도 사랑을 푹 쏟든지 아니면 미운 마음이 드는, 내 자신을 채찍질하고 좀 고쳐 봤으면 하는 마음에서 넋두리해 본다.

✳✳✳ 평등, 평등을 아무리 외쳐도 평등하다고 느끼지 못하는 경우가 종종 있다. 특히 자신감이 떨어질수록 더 많이 느껴진다. 성명 나열에서도 있을 수 있다. 어떤 명단에 자신의 이름이 있다면 자기의 이름을 찾는다. 여기서 특정 분류가 없이 가나다순으로 되어 있으면 찾기도 쉽거니와 기분의 동요도 느끼지 않을 것이다.

사기·협박

내가 가장 싫어하는 죄명은 사기죄이다. 사기는 대체적으로는 자신의 욕심에서 비롯되는 경우가 많은 편일 것이다. 일반적보다 터무니없는 좋은 조건일 때에는 한 번쯤은 의심을 해 보거나 이 분야에 잘 아는 지인을 찾아가서 자문을 구해보는 것이 방법이 아닐까? 이익을 쫓는 경우와는 좀 다르지만 얼마 전, 말로만 듣고 남의 이야기처럼 들렸던 메신저 피싱을 당해 본 창피한 경험이 있다. 사건의 요지는 이러하다. 시집간 딸로부터 아내에게 문자가 왔다. '엄마, 내 폰이 고장 나서 컴퓨터로 문자 보내. 내 친구가 신용불량자라 자기의 통장에 넣으면 바로 빼가기 때문에 이사할 전세금을 내 통장에 보관하고 있는데 오늘이 이사 날이래. 나는 인터넷뱅킹은 안 되어 있어서 폰뱅킹밖에 할 수 없는데, 찍어주는 계좌로 엄마가 우선 송금해 주면 폰을 찾는 즉시 엄마께 바로 송금할게.' 이렇게 해서 아내는 그 계좌로 송금을 했단다. 그런 후, 아내는 나에게 송금 사실을 알렸다. 내가 아내에게 '사위한테 확인해 보지' 하니까 '사위가 알면 왜 헛된 짓을 하고 있어'라는 핀잔을 들을까 봐 딸의 보호 차원에서 말을 하지 않았다고 했다. 느낌이 이상해서 사위에게 바로 폰을 했더니 딸의 폰은 이상이 없다고 했다. 곧바로 은행에 지급정지 신청을 했지만 이미 30분은 훨씬 흐른 후였다. 돈도 돈이거니와 당했다는 자체만으로도 너무나 화가 나고 원망스러웠다. 이 순간 우리 사회를 끌고 가는 거대한 기관차인 언론매체가 확 떠올랐다. 연예인들의 국위선양은 국민의 사기를 진작시키고, 그들의 웃음과 눈물, 즐거움 등 여러 모습을 언론매체를 통해 접하며 우리 또한 그들과 한마음이 되곤 한다. 이런 것을 알기에 절대로 연예인을 폄하하려는 뜻은 아니다. 하지만 아주 지극히 사적인, 누구와 사귄다, 누구와 헤어졌다 등 일거수일투족이 다 뉴스거리다. 물론 시청률도 중요하다. 하지만 이 소소한 이야기들의 방송 분량을 할애하여 날로 발전하는 피싱의 유형이나 국민의 알 거리로 채

워진다면 예방에 도움이 되지 않을까 생각해 봤다. 그러다가 마음을 가다듬었다. '더 큰일을 당할 수도 있기에 위기의 예방주사를 맞았다'고. 순간의 실수였다. 조금만 더 확인하고 알아봤더라면……. 여기에 분명한 답이 있다. 어떤 경우라도 상대가 자칭하는 당사자 또는 관계기관에 직접 확인과정을 거친 후에 처리해야 한다는 것.

여기서 이 단락의 글을 마무리하려는데 오늘 문자가 한 통 들어왔다. '〈Web발신〉 전기통신금융사기피해환급금(6,000,000원) 요청하신 계좌로 입금되었습니다. ㅇㅇ은행'이라는 내용이었다. '자라 보고 놀란 가슴 솥뚜껑 보고 놀란다고 이제는 안 당해'라고 생각하면서 혹시나 싶어 은행에 가서 통장을 찍어 보니 피싱 당한 금액 전액이었다. 또 한 번 극적인 은혜를 받는 순간이었다. 그동안 마음고생이 심했던지 통장을 확인한 아내가 감사하다며 눈물을 글썽인다. 당한 후에 해결방법을 알아보려고 문의했던 친구에게 이 사실을 알렸더니 "강물에 빠뜨린 바늘을 건져 올렸네. 술 한잔 사라, 인마" 한다. 이만큼 되돌려 받기가 어렵다는 뜻일 것이다. 정리하면 첫째 무조건 확인 후 처리하고, 처리 후 알았다면 바로 관계기관에 신고하는 게 손실을 최소화하는 길일 것이다.

＊＊＊ 공갈 협박도 마찬가지다. 살다 보면 본의 아니게, 때론 자기가 선택해서 어려움을 겪는 경우가 있다. 본의 아닌 경우는 청소년들이 왕따 등으로 인해 폭행과 협박을 당하는 경우가 대다수일 테고, 성인의 경우는 대체적으로는 자의에 의한 경우가 많을 듯하다. 사채를 이용한다든지 자신의 부정행위로 인해 협박을 당하는 일들을 언론이나 주위에서 들은 적이 있다. 공갈 협박은 상대의 요구조건에 응할수록 한 단계씩 더 올라가고 더욱 몰아붙인다. 결국은 터지게 되어 있다. 공갈 협박은 곪은 고름과 같아서 터트려야만 상처가 아물 수 있다. 자신이 고통스럽더라도 가족이나 관계기관에 알리는 것만이 최선책이 아닐까?

금전관리

주위의 사람들과 잘 지내다 보면 금전거래가 발생하기도 한다. 잘 지내는 사람이라면 그 사람의 현재 상황도 어느 정도는 알 수 있을 것이다. 이 사람이 정말 잠시 자금이 꼬여서인지 아니면 궁지에 빠졌는지를……. 만약 궁지에 몰렸다고 판단이 서면 되돌려 받을 생각은 말고 어떻게 도와줄까를 고민해야 한다. 나도 돈을 여러 번 떼여봤다. 천만 원을 넘는 경우는 한두 번이고 대체로는 수십에서 적은 수의 수백만 원이다. 자신에게 큰 부담이 되지 않으면 별문제가 아니겠지만 부담이 되면서 관계를 유지하고 싶을 땐 전액이 아닌 일부를 그냥 주면서 '나중에 잘 풀리면 돈도 갚고 술도 한잔 사 주래이' 하는 것도 한 방법이 아닐

까? 또 갚겠다는 날짜를 짧게보다는 길게 이야기하는 사
람이 진심이란 것도.

＊＊＊ 한때, 나의 욕심 때문에 증권투자에 빠진 적이
있다. 첫출발은 순수했고 재미도 있었다. 서점 일을 시작
하고 몇 년 지났을 때쯤이다. 아버지가 이빨이 좋지 않아
서 이 욕심으로 증권투자에 들어갔는데 불과 3일 만에 목
적이 달성되었다. 신이 난 나는 좀 더 크게 먹으려고 몰빵
을 치기 시작했다. 먹기도 잃기도 하며 본연의 일은 뒤로
밀려버리고 하루에도 여러 번 기분도 오르락내리락했다.
증권투자가 좋지 않다는 뜻이 아니다. 증권 고수들이 가르
쳐주는 대로만 해도 나쁜 결과는 덜 나올 것이다. 그런데
이게 열을 받기 시작하면 귀에 들어오지 않고 자신과의 싸
움으로 이동하게 된다. 자신과의 싸움에서 이길 수만 있
다면 승리의 길로도 들어갈 수 있을 것이다. 그러나 일부
를 제외하고는 쓰라린 아픔과 함께 후회의 늪에 빠지고 만
다. 잃으면 기분이 안 좋은 것은 당연하다. 그런데 따고도
기분이 안 좋을 때가 있다는 것을 알게 되었다. 가령 현재
100만 원 벌었다고 가정하자. 이 중에서 60만 원을 잃으면
40만 원을 벌었다는 생각은 간곳없고 잃었다는 생각이 든

다. 계속해서 벌 수는 없는 법, 결과적으로 기분 좋은 날보다 나쁜 날이 훨씬 많다는 것을 깨닫고는 인터넷 선을 끊어 버렸다.

패가망신의 지름길?

　허세는 자신의 삶을 궁지로 몰아넣는 경우가 대부분이고 패가망신의 지름길이다. 내세울 것도 없고 자신감마저 없으면 가장 흔한 방법이 차를 이용한 과시형이다. 과거에 차가 드물 때는 차 키를 흔들면서 들고 다녔고, 카폰도 없으면서 보란 듯이 차 보닛 위에 안테나를 장착해서 뽐내는 시대도 있었다. 지금은 개나 소나 차는 다 있다. 이제는 어떤 고급 차를 타고 다니느냐가 자신의 신분인 양, 으스대며 거들먹거리는 허세들을 어렵잖게 만날 수 있다. 초등학교 체육대회가 있던 날 이런 경험을 한 적이 있다. 한 친구는 폐차 직전이기도 하지만 술도 한잔할 겸해서 차 없이 운동장에 나왔다 하고, 다른 한 친구는 중고 고급 차를 산 지가 얼마 되지 않은 것 같았다. 행사가 끝나고 집으로 돌아갈 무렵 고급 차를 몰고 온 친구가 고물차 친구에게 집까지 태워주겠다고 했다. 마침 방향이 같아서 나도 한 자리를 얻어 타고는 고물차의 친구 집으로 먼저 도착했다. 이 친구는 미안함과 고마운 마음에 자기 집에 들어가서 차라도 한잔하고 가라며 손을 끌어당겼다. 집에 들어서자마자 고급 차 소유의 친구 입에서 나온 첫마디가 "와!!! 여기 몇 평이고?"였다. 아마 본인도 모르게 나온 말이 아닌가 싶다. 그렇게 넓은 집은 아니었던 거 같은데 '자신의 집과 비교되지 않았을까' 하는 생각이 들며 측은한 맘이 들었다. 그날 이후로 이 친구의 얼굴은 볼 수 없었다. 요즘 나오는 차들은 전반적인 면에서 다들 우수하다고 한다. 그런데도 일부 허세들이 능력에 맞지 않게 고급 차를 타는 이유는 '승차감'도 중요하지만, 차를 내릴 때에 자신에게 쏠리는 시선을 즐기기 위해, 다시 말해 '하차감'을 만끽하려는 것이 아닐까 싶어 마음이 씁쓸해진다.

✱✱✱ 나 또한 그런 경험이 있다. 사회 출발이 늦은 지각생이다 보니 또래들보다 당연히 직급이 두세 등급 차이가 났다. 남자직원들은 지내기에 별 어려움이 없었으나 여

직원들이 나를 대하는 태도가 열등감 때문인지 맘에 들지 않았다. '좀 더 나은 차를 타고 다니면 나를 바라보는 시선이 달라지지 않을까'라는 생각이 들며 시건방이 잔뜩 부풀어 올랐다. 타고 다니던 중고차를 팔고 새 중형차로 한 대 뽑아 허세를 부리기 시작했다. 며칠 뒤 ㅈ이사가 나를 불렀다.

"회사생활을 하면은 차도 직급에 맞게끔 타고 다녀야 되는 거 아니에요?"

"회삿돈 십 원도 안 건드리고 부정한 돈으로 사지 않았거든요"라고 하고는 사무실을 빠져나왔다.

✱✱✱ 차뿐만 아니라 평소의 삶도 마찬가지다. 거품스럽게 살아가다 보면 붕 뜬 그 위치가 자신의 위치인 줄로 착각하게 되고, 어려움이 닥치면 친구들이나 자신을 아는 사람들이 나를 어떻게 볼까 두려운 나머지 야반도주해서 무소식으로 살아가거나 심한 경우는 극단적인 선택을 해서 주위 사람들을 안타깝게 하기도 한다.

✶✶✶ 차와 관련된 이야기를 하다 보니 철없던 시절에 저질렀던 웃지 못할 과거가 떠오른다. 정말 어이없는 짓거리다. 이때에는 차도 귀할뿐더러 허세라는 단어조차도 익숙하지 않았고, 자가운전이 아닌 운전기사를 둔 정말 사장님들만이 차가 있던 시대였다. 집에 가만히 있자니 갑갑하고 나가서 친구나 선배들과 잘 어울려 놀았다. 어느 날 친구들한테서 술을 실컷 얻어먹었더니 고마운 마음도, 미안한 마음도 들었다. 하지만 돈은 없고 갚아야 된다는 생각에 외상이 가능한 우리 동네로 가서 한잔 더 하자며 옷깃을 잡아당겼다. 세 명이랑 5리 길을 걸어 내려와서 또 막걸리를 퍼마셔 댔다. 밤새도록 마시고 아침 녘에야 각자 집으로 향하는데 새까만 승용차가 내 옆을 지나가는 것이었다. 비포장도로다 보니 빨리 달리지도 못하지만 비틀거리는 나를 보고 혹시나 다칠까 봐 천천히 지나가는 것이었는데, 나는 괜스레 '네가 지금 뽐내고 있는 거야'라고 생각하고는 승용차를 향해 발길질을 해 버렸다. 운전자가 내려서 나를 잡고 혼을 내는데 먹히지는 않고 뒤엉기니까 뒤에 타고 있던 사장님도 내려서 훈계를 했다. 그리고 얼마 후, 경찰차가 지서(지금의 파출소)와 본서(경찰서) 양쪽에서 출동하고 나를 에워싸고는 바로 본서로 끌고 가서 유치장에

집어넣어 버렸다. 부모님께 연락이 갔고, 손이야 발이야 빌었다고 한다. 그러나 사장님은 "부모가 빌 것이 아니라 그놈이 진정한 마음으로 용서를 빌라고 해요. 그러면 내가 부탁해서 빼 줄 수도 있을 것이오"라고 했단다. 이 말을 듣고 사장님께 용서를 빌자 아무 조건 없이 바로 꺼내 주셨다. 아마 차도 흠집이 생기지 않았을까 싶은데, 보상도 무엇도 아무것도 바라지 않고 자식만 잘 키우라는 말만 남기고 떠났다고 한다. 내가 알기로는 사건이 본서로 넘어가면 바로 나오지 못하고 즉결심판을 거쳐야만 사건이 종료가 되는 것으로 알고 있었는데 어떻게 처리되었는지 바로 빠져나올 수 있었다. '지금도 기억합니다. 중앙정밀공업사 사장님! 고맙습니다! 존경합니다!! 사랑합니다!!! 너무나 고맙기도 하고 나를 깨우치게 된 계기가 되어 이 순간 살짝 눈물이 나네요.' 나는 생각한다. 아마 이 사장님이야말로 진정 강한 자에 강하고 약자를 돌보는 그런 분이 아니신지!

단단한 땅에 물이 고인다

무더운 여름 어느 날, 내가 우리 애들에게 해 준 말이 기억난다. 막내가 유치원에 다닐 때인 것 같다. 막내와 형은 일곱 살 터울이고 형과 누나는 두 살 터울이다. 막내는 엄마랑 집에 있었고 형과 누나만 데리고 시장에 볼일을 보러 갔다. 시장 모퉁이에서 막내 또래들이 아이스크림을 게걸스럽게 먹으면서 즐거워하고 있었다. "보혜야, 강호야! 준호가 아이스크림을 먹고 싶어 눈이 빠질 듯이 자기 또래들을 쳐다보면서 연신 침을 꼴깍꼴깍 삼키며 사 달라고 조르는데, 돈이 없어 사 주지를 못 하면 부모의 마음은 어떨까?" 하고 물었다. 한참 동안 아무 말이 없고 눈만 껌뻑거리더니 눈가에서 옅은 눈물이 살짝 흘러내렸다. 그러던 아이들이 성인이 되었고 딸은 벌써 엄마가 되었다. 요즈음은 자녀들을 많이 낳지 않는 세대라 자녀에게 최대한 좋은 것으로 해 주고 싶어 하는 게 부모의 마음이다. 그런데도 잠깐 사용하는 유모차나 아기침대, 아기용품들을 인터넷 중고시장을 이용하여 알아보면서 알뜰하게 살아가려는 딸의 모습을 보며 아버지로서 다소 본보기가 되지 않았나 싶은 마음에 감사할 뿐이다. 얼마 전, 혹시 어릴 때의 이 말을 기억하나 싶어 보혜, 강호에게 다시 한 번 물어보았다. 성인이 된 지금도 기억이 난다며 "아부지, 그런 말 하지 마이소. 우리 지금 열심히 살고 있심더" 하고는 씩 한번 웃어 보였다.

*** '삐삐'로 연락을 주고받던 시대에 나는 건전지를 아끼려고 퇴근만 하면 바로 건전지를 빼고 출근할 때에 다시 끼워 넣었다. 어느 날, 모 출판사에서 사전 약속 없이 교재 여러 박스를 싣고는 부산 가는 길이라며 초새벽녘에 우리 서점에 도착했다. 집 전화번호를 모르는 출판담당자는 카폰으로 나에게 삐삐를 수없이 보냈단다. 아침에 출근을 하니 담당자가 화를 엄청 내며 "왜 삐삐소리 못 들었어요?"라고 했다. "아아, 집에 들어가면 아끼려고 건전지를

빼둡니다"라고 말을 하니 어이가 없는 듯 "그거 얼마 든다고요" 하고는 웃어버렸다. 어제는 여름용 남방을 하나 샀다. 평소에도 '너는 교복 입고 다니니?' 하는 말을 들을 정도로 외출복은 계절별로 씻고 벗고 딱 2벌씩뿐이다. 이 글을 쓰는 시점이라서인지 한 단계 더 낮은 것으로 골라 입고서는 잠시 생각에 잠겼다. '나 자신은 분수에 맞게 생활하고 있는가?' 하며 되돌아보는 시간을 가져본다. 아직도 쩨쩨한 돈은 아끼면서 밥값이나 술값은 헤프지 않은 건 아닌지? 그러나 아끼는 것도 중요하지만 사람 구실은 하고 살아야 되겠다.

떼일 뻔했던 돈을 받아 내다

'이 사람이, 어디 내 돈을 떼먹으려고, 어떻게 키운 새
끼인데, 지극정성에 자식같이 키워 첫 출가시켰는데……'라
는 생각이 들었다. 설명은 이렇다.

서점을 운영하던 초창기이다. 전에 모은 재산, 받은 재
산 다 팔아먹고, 새로이 먹고 싶은 것 안 먹고, 입고 싶은
것 안 입고 허리띠 졸라매며 푼푼이 모아 자그마한 밭을
하나 샀다. 그 자리에 느티나무와 배롱나무를 심고는 휴일
은 물론이고 퇴근만 하면 아내와 쪼르르 달려가서 온갖 정
성을 다 쏟아부었다. 바른 모양으로 키우려고 끈으로 당
겨 돌도 매달고, 장마철을 제외하곤 풀은 뿌리 내릴 틈조

184

차 주지 않았다. 밭에 들어서면 '새끼야, 엄마, 아빠 왔다' 하며 사랑을 듬뿍 주었다. 열심히 일을 하다 보니 시간 가는 줄도 모르고 어두워서 더 이상 일을 할 수 없어 시계를 보면 8시 15분이었다. 이 경험으로 긴 하절기의 어두워지는 시간은 시계를 보지 않아도 8시 15분이라는 걸 알 정도였다. 나무는 무럭무럭 잘 자랐고 어느덧 6년 정도 지나니 팔아야 할 시점이 되었다. 파는 방법을 몰랐고 현수막을 만들어 몇 군데에 걸어 두었다. 며칠이 지나자 한 통의 전화가 왔다. "느티나무 3그루가 필요한데 이렇게 낱개도 살 수 있어요?" "예, 팔기는 하지만 지금은 갈 수가 없으니 직접 뽑아 가시고 계좌로 송금해 주세요" 하고 거래는 성사되었다. 3월 신학기는 교재 판매 시기라 서점을 떠날 수가 없었고 휴일에 밭에 가서 보니 중간중간 뽑은 것으로 봐서 가장 좋은 나무로 뽑아 간 것이었다. 마수걸이에 좋은 것으로 가져갔으면 돈은 들어와야 할 게 아닌가? 전화를 걸면 '바쁘다, 바쁘다' 하고는 끊고 나중에는 전화도 받지 않고 연락을 취할 방법이 없었다. 금액은 많지 않았지만, 오기가 발동하며 '어디 누가 이기나 한번 해보자' 하는 생각이 솟구쳤다. 워낙 바쁜 분인 거 같아 배려(?) 차원에서 6시의 아침 산책을 새벽 3시로 당기고 전화기를 눌렀다.

"여보세요, 너무나도 바쁘신 분 같아서 조용한 시간에 전화 드렸습니다. 지금은 통화가 가능하시죠?"

"예? 이 시간에······" 하고는 전화를 끊어 버렸다. 출근 후 통장을 찍어 보니 정확히 입금되어 있는 것을 확인하고는 내 입가에 잔주름이 살짝 일어났다. 이제 겨우 3그루는 판매되었으나 '남은 나무들을 어떻게 시집을 보내지?' 고민에 빠졌다. 여기저기 물어보니 나무 파는 인터넷 장터가 있다는 것을 알았고 훌륭한 가문인 경남의 모 소방연수원으로 출가시킬 수 있었다. 나무 실은 마지막 차가 떠날 때에는 진짜 자식인 양 차가 보이지 않을 때까지 주시하며 서운한 마음을 달래면서 '잘 살아, 잘 살아'를 속으로 연발했다.

기계는 윤활유가 필요하다

고등학교 때까지 부모님께서는 자그마한 과수원을 운영했다. 사과밭 일도 소독이며 적과하기, 가지치기, 봉지싸기, 열매 따기 등등 일손 들어가는 게 보통이 아니다. 남의 손을 빌리지 않고는 도저히 불가능이다. 일 잘하는 사람들을 미리 선점하려면 고무신도 선물하며 잘 다독여야한다. 지정된 날짜가 되어 일을 시작하면 일의 능률을 올리려고 부모님은 갖은 애를 쓴다. 그중 대표적인 게 새참이다. 나는 심부름꾼으로 막걸리 당번이 되고 사서 가지고 오면서 주전자를 입에 들이대 본다. 술을 마신 것이 아니라 호기심을 마셔본 것이리라. 이 술에 젖어서인지 술은 지금도 나의 기호식품이 되어 있다. 술이 도착하면 전에다

철에 맞는 과일이나 음식들을 아끼지 않고 내어놓는다. 놉 (일꾼)들은 기분에 젖어 힘이 드는 것도 시간 가는 것도 잊고서 정말 열심히 일한다. 나도 부모님께서 윤활유를 치는 모습을 보고 자랐기에 기름칠을 꽤나 잘하는 편이다. 어떤 단체에서 노가다반장을 할 때의 이야기다. 노가다는 나하고 적성이 맞는지 잘 즐기지만, 톱질이나 삽질을 해 보면 힘이 참 많이 든다. 나도 부모님께 배운 대로 열심히 새참을 사다 나른다. 분위기도 좋고 일할 맛이 난다. 때로는 저녁에 2차로 한잔 더 하기도 한다. 하루는 내가 신학기의 바쁜 시기라 행동을 같이할 수가 없었다. 미안한 맘에 "끝나고 2차로 ㅇㅇ식당에서 한잔 더 하고 있으면 빨리 마무리하고 거기로 바로 갈게요"라고 했다. 일을 마치고 식당으로 막 들어서는데 "어어, 물주 왔다, 물주"란 말이 내 귀 안으로 쏙 들어왔다. 내 기분이 확 돌아가는 순간이었다. 그렇다. 일을 능률적으로도 하고 즐겁게 하려면 윤활유는 당연히 필요하다. 하지만 기름칠을 너무 많이 하면 기계도 헛돌듯이 사람도 예외일 수는 없는 것 같다.

계약직의 고충

인생도 계약직이란 말이 있다. 다만 계약 일자는 알고 있지만, 종료 일자를 모를 뿐이다.

우리는 살아가면서 '계약'이란 단어 때문에 즐겁기도 하고 때로는 눈물을 흘리기도 한다. 나도 이 계약이란 단어 때문에 울고 웃기를 여러 번 했다. 계약만료 일자가 다가오면 내 가슴은 쪼그라들고 잠을 설치곤 한다.

우리 대학가 서점들에도 한때는 춘추전국시대가 있었다. 힘 있는 서점들이 또 다른 서점에 입점하려고 공격성을 드러냈다. 하지만 나는 단 한 번도 거들떠보지 않았다.

통이 작아서인지도 모르겠지만 나는 이렇게 생각했다. '내가 치지 않으면 맞지 않을 것'이라고. 그래서인지 나를 치는 경우는 거의 없었다.

다행히도 지금까지 별 탈 없이 잘 지내올 수 있어 감사한 마음뿐이다. 아픔을 이야기하려 했는데 나의 이야기를 이렇게 마무리하니 미안한 마음이 든다.

✳✳✳ 어제 3~4년 전에 잘 지냈던 인도사람인 교수 부부가 어린 딸과 함께 우리 서점에 놀러 왔다. 내용을 들어보니 춘천에서 부부가 교수로 재직했는데 계약만료가 가까워져서 일자리를 찾으려고 동분서주하는 중이란다. 남편은 귀국해서 한국에서 맺은 인연들을 바탕으로 무역 일을 계획하고 있고, 아내는 남편의 사업이 불안한지라 여기에서 일을 더 하고 싶어 했다. 안쓰러운 마음에 저녁을 같이 먹자 하고 무엇을 먹을까를 고민하다가 나도 모르게 "소, 돼지" 하니까 아내가 나를 쿡 찌르며 "왜 그래?" 했다. 조금 생각해보니 몇 년 전, 인도 여행 때에 소와 돼지는 없었고 닭고기만 질리도록 먹었던 기억이 떠올랐다. "삼계탕집으로 갈까요?" 했더니 "굿, 굿" 하며 엄지손가락을 치

켜세운다. 저녁을 먹으면서 좀 더 이야기를 들어봤다. 한국에서 태어난 두 자식의 진로문제와 부모님의 형편 등을 말하며 눈시울이 붉어졌다. "나도 계약직이야. 힘을 내요, 잘될 거예요"라고 힘을 북돋우자 엷은 미소를 띤다. 헤어질 시간이 되어 "지금 춘천까지 가기는 거리가 너무 머니 우리 집에서 자고 내일 떠나요" 하니 "아니에요, 고맙긴 하지만 첫째가 초등학교 다녀와서 집에 혼자 있어요" 하고는 핸들을 잡았다.

＊＊＊ 이 글을 쓰는 시점에 외국인을 만나서 위의 이야기를 했지만, 우리나라도 별로 다를 바가 없다. 과거에는 '수습사원'이 지나면 자동으로 정직원이 되었다. 그러나 산업화의 발달과 대기업의 진출로 중소업체들은 언제 성장할지 쪼그라들지를 예측하기가 어렵다. 어떤 나라처럼 '고용의 유연성'도 우리나라에서는 적용이 쉽지 않을 것 같다.

요즘 비정규직이 이슈화되고 있다. 비정규직도 문제지만 어쩌면 비정규직보다도 더 힘든 것이 계약직이 아닐까 생각해본다. 앞으로는 산업화의 발달로 일자리가 더더욱 줄어들 것이라는 예상을 하며 자식들 걱정에 빠진다. 이 와중에 희망적인 뉴스를 접했다. 미래학자 '토머스 프레이'가 앞으로 신기술의 발달로 일자리가 넘치는 초고용의 상태가 될 것이라고 하니 현실이 되었으면 하는 바람은 누구나 같을 것이다. 고용주와 고용자의 입장은 다르리라 생각된다. 어떤 위치를 떠나 함께 만족할 수 있는 획기적인 신의 한 수는 없는 것일까?

멀리서도 나를 지켜보다

　자신이 잘한 일이든 잘못한 일이든 시간이 흘러 다른 사람으로부터 자신의 소식을 듣게 되면 '아니 그걸 어떻게 알았지?' 하며 놀라는 일을 겪는 경우가 있다. 이런 경험을 한 친구가 저녁을 먹자며 연락이 왔다. 조그마한 장사를 하는 친구로 너무 기분이 좋아서 네가 생각이 나더라며 말을 꺼냈다. 큰아들은 휴학해서 편의점에서 알바를 했었고 둘째 아들은 대학생이란다. 작은아들은 공부를 좀 잘해서 서울대학교에 들어가기에는 좀 부족하고 서울의 괜찮은 사립대학은 들어갈 실력이었다고 한다. 아들은 서울에 있는 대학을 가고 싶어 안달이 났지만 자신은 형편을 알기에 아들을 달래야만 했고 자신의 부족함을 한탄하며 부둥

켜안고는 엉엉 울었다고 한다. 어쩔 수 없이 집 주위의 대학으로 진학을 시켰단다. 시간이 지나도 장사는 나아질 기미가 안 보이고 부부간에 하소연을 하고 있는 것을 아들이 우연히 듣고는 "아버지, 나 휴학계 내고 알바해서 돈 좀 벌까요?" 하더란다. 이에 아버지는 "너 말도 고마운데 그나마 지금 한 푼이라도 벌 때에 마무리해라"라고 말을 했지만 '가고 싶어 하는 대학도 못 보내고'란 생각에 속마음은 찢어질 것만 같았다고 한다. 이 말을 할 때까지만 해도 약간 우울해 보이던 친구가 큰아들의 이야기로 이어가면서 갑자기 얼굴이 환해지며 "얼마 전에 우리 큰놈이 ㅇㅇ회사의 정직원이 됐다"라고 운을 뗐다. 설명을 요약하면 이러했다. 편의점에서 알바를 하면서 누가 시켜서 하는 것이 아니라 보든 안 보든, 묵묵하게 스스로 열심히 일을 했다고 한다. 이 부지런함이 말의 꼬리를 물고 전해져 회사 회장의 귀에까지 들어가게 되었고 마침내 회장의 지시가 떨어져 회장의 집무실로 호출이 되었단다. 간단한 회장 면접을 받고는 곧바로 본사의 근무 팀에 합류되었고 누구보다도 신임받는 회사원이 되었다며 빙그레 웃었다. 이 친구가 평소에 살아가는 모습을 너무나도 잘 알기에 나도 내 일인 양 입가에 잔주름이 늘어나고 있었다. 이 이야기를 들으면서 부모님의 심정을 이제야 좀 알 것 같았다. 모든 부모가 그러하듯 자기 자식의 발등이 우선으로 보이고 부모님은 자신의 손주가 태어나고 나서, 다시 말해 자식들이 성장한 후에야 자신을 돌아보게 된다는 것을. 그러나 아버지는 돌아가셨고 엄마마저도 이제 나를 기다려 줄 날이 얼마 남지 않은 것 같아 마음이 찡해진다. '보혜, 강호, 준호야! 할머니가 너거를 업고 키우셨다. 우리가 할머니 집에 가면 갈 때마다 너네 이름 하나하나 불러가며 꼭 소식을 묻는다. 다들 멀리 떨어져 있으니 전화만이라도 가끔 드려라. 우리가 할머니 집에 가면 너거 전화 왔다며 기뻐하실 때 엄마, 아빠도 덩달아 즐겁단다. 할머니도 멀리서 너거를 지켜보신단다.'

친구 엄마의 문상

어릴 때의 친구 어머님이 돌아가셨다. 장례식장이 좀 멀기도 하고 신학기 중이라 피곤도 하고 갈까 말까를 망설였다. 그런데 친구 엄마의 따뜻한 밥상이 떠올랐다. 친구들과 어울려 놀다가 끼니때가 되면 나물 반찬에 김치와 된장찌개를 끓여놓고 "얘들아, 밥 먹고 놀아라" 했던 음성이 내 귀를 때렸다. '만사 제쳐두고라도 가야지'라는 생각이 번쩍 들었고 핸들을 잡았다. 도착해서 옛날이야기를 나누다가 주위를 보니 친구들이 평소의 문상 때보다도 훨씬 많았다. 다들 친구 엄마의 밥상 이야기로 고인을 추모하고 있었다. 한 친구가 이야기를 끄집어냈다.

"○○ 엄마(고인)를 쪼매 아는데 마음적으로 굉장히 힘들게 사셨던 분이야."

다들 이 친구의 입으로 눈이 쏠렸다.

"○○ 생일날, 친구 몇 명이서 그 집에 놀러 갔는데 엄마는 불을 때며 국을 끓이고 계셨고 그동안에 얌새이(염소)가 도망을 가 버렸어. 엄마는 밥상을 다 차려 주시고는 얌새이를 찾아 나서셨는지 밥을 다 먹은 후에도 보이질 않았어. 우리도 걱정이 되어 엄마를 찾아 나섰지. 한참 산 아래를 뒤지다가 엄마를 만났어. '야들아, 밥솥에 밥 더 있는데 마이 묵지 와' 하시며 우리를 쳐다보시는데 엄마의 얼굴에는 가시덤불에 긁혔는지 핏방울이 맺혀 있었어. 지금도 그 얼굴이 눈에 선하다"며 슬퍼했다. 나도 내 자식들에게 해주고 싶은 말이 있다. 지금까지 자식들의 친구들에게 이렇게 하질 못했다. '늦었지만 친구들을 데리고 오너라. 시대가 바뀌고 너네도 성인이 되었으니 삼겹살에 소주를 내든 막걸리에 전을 내든 너네가 즐기는 것으로 내어놓을게. 그리고 나의 잔소리보다는 너네들의 말을 들어 봐 주고 싶다.'

손편지

"나는 칠삭둥이야"라고 엄마, 아빠를 놀리던 딸이 이젠 아기의 엄마가 되었다. 딸내미라서 고이 키우고 싶은 마음에 동아리 활동도, 아르바이트도 아무것도 못하게 말렸다. 이래서인지 나하고는 사고가 좀 차이가 나는 것 같다. 나와 아내가 다툴 때에도 내 생각으로는 잘잘못을 떠나 무조건 엄마 편이다. 나는 이런 게 서운할 때가 있다. 한번은 나의 확실한 잘못으로 인해 아내가 속이 상해 딸내미 집에서 한동안 지낸 적이 있다. 아마도 딸내미가 '엄마, 이 기회에 아빠의 버릇을 단단히 고쳐주자' 하며 아내를 붙잡은 거 같았다. 나는 손편지를 썼다. '……내가 너를 얼마나 아끼고 사랑하는지 아니? …… 우리 현(외손자)이가 이쁘

기도 하지만 너 새끼가 아니면 이토록 미치도록 예쁠까?
······ 그래, 너 뜻을 내가 안다······'라고 편지를 보냈다. 그
리고 우리 집에서 모두 모였다. 이건 이렇고 저건 저렇고
아빠가 너무 '히틀러야'라는 결론이 나왔다. 그래, 나를 고
쳐 준 우리 딸내미 고맙고 사랑한다. 그래도 한마디 할게.
가끔은 아빠 편도 좀 들어다오.

＊＊＊ 청소년기에 나는 술집을 말아먹다 쫓겨난 한 번
을 제외하면 내가 스스로 집을 나갔다. 근데 우리 큰놈은
내가 집에서 쫓아냈다. 마음이 편치 않은 이 시기에 어떤
친구가 자식 자랑을 늘어놓는 것이었다. 나는 듣는 둥 마
는 둥 "그래, 축하한다. 좋겠다"라고 말은 했지만 내 가슴
은 숯검정이었다. 소주와 편지지를 들고는 조그만 밭의 창
고로 직행했다. 여기가 가장 편할 거 같았다. 혼자서 깡소
주(강소주)를 먹으며 '······누구보다도 사랑하는 너를 왜 쫓
아냈겠니? ······ 아직 늦지 않았다. 아버지가 시키는 대로
조금만······'이라며 글씨를 써 내려가는데 눈물이 편지지
에 뚝뚝 떨어지니 얼룩이 그림이 되었고 이 편지를 보냈
다. 얼마 후 큰놈이 집으로 돌아왔다. 아버지의 말을 상당
히 수용하며 바뀌어 가는 모습이 눈에 띄었다. 그리고 시

간이 흘러 회사에 입사를 했다. 그리고 또 시간이 흘러 좀 더 나은 현재의 회사로 옮겼다. 옮기는 회사의 입사일이 약 보름밖에 여유가 없었다. 그러면 대체적으로는 쉬려고 앞의 회사는 바로 퇴사를 하고 싶을 텐데 앞의 회사가 고맙다며 마지막 날까지 출근하는 너의 마음, 아빠도 장하게 생각한다.

✻✻✻ 늦둥이라서인지 이놈의 에피소드가 가장 많다. 막내가 중학생일 때 좀 몹시 추운 겨울이었다. 나는 퇴근 길이라 집을 향해 가는 길에 막둥이를 길에서 만났다. 창문을 살짝 열고는 "준탱! 집에 가는 길이니?" "예" "그래 춥다. 조심해서 오고 집에 가서 보자" 하고는 혼자서 집으로 갔다. 이 모습을 본 지인이 어느 날 나를 보고는 이랬다.

"아버지 맞아요? 그 추운 날 태워가지도 않고."
"나는 기억도 안 나는데요."

강하게 키워야 한다는 평소의 내 마음이다.

나는 몸에 열이 많아서인지 대머리이기도 하고 여름

철이면 선풍기나 에어컨 바람도 좋지만 얼린 생수병으로 몸을 잘 문지른다. 이 얼린 생수병을 유지하려면 사용 후 다시 냉동고에 넣어야 한다. 우리 막둥이가 중학생일 때에 자전거의 체인이 고장 났다. "막둥아! 다음에 탈 수 있게 미리 고쳐놓아라" 하니 "당분간은 탈 일이 없으니 나중에 고쳐도 되어요"라고 한다. 시간이 지나 어느 날 아침, 등교 시간이 바빴나 보다. 자전거를 타려니 고장이 나 있고 "아빠, 지각이에요. 차 좀 태워주세요" "아니, 지난번에 고쳐 두라고 말했지?" 했으니 아마도 헐레벌떡 뛰어갔을 것이다. 저녁에 돌아온 막둥이에게 "지각 안 했니?"라고 물었다. "선생님께 혼났어요." 그렇다. 사회에서도 준비란 말을 자주 사용한다. 사회에서의 준비란 말까지는 하찮은 내가 할 말이 없다. 물리적인 준비만이라도 습관을 들이면 당황할 일은 피할 수 있지 않을까? 한마디 더 하면 정리되지 않은 물건은 이미 쓰레기다. 같은 종류, 같은 용도 등으로 분류를 해 놓아야 비로소 필요한 물건이 되는 것이다. 이러지 않으면 쌓아두고도 없다며 사게 되고 쓰레기만 증가하는 꼴이 된다.

막둥이가 고 1 때까지는 공부를 그럭저럭하는 편이었

다. 드럼에 미치면서 성적이 떨어지기 시작했고 하루는 막내둥이가 내 앞에 무릎을 꿇더니 봉투를 건네주며 닭똥 같은 눈물을 흘리는 것이었다. 읽어 보니 '아버지, 나는 즐기는 인생을 살고 싶습니다. 이 길을 막지 마시고……'라고 쓰여 있었다.

"야, 이놈아 그 길이 얼마나 비좁은지 알아?"

"압니더. 그만큼 열심히 할 겁니더."

"취미로 하는 것은 허락한다. 그리고 나름 대학에 들어가면 작은 드럼도 하나 사주꾸마."

이렇게 달랜 후 다시 공부를 시작했고 농어촌 특별전형으로 ㅇㅇ대학에 지원을 했다. 확인해본 결과 한 명을 뽑는데 두 명이 지원했다는 것을 알았다. 막내가 말했다.

"나랑 같이 지원한 놈이 누군지는 모르지만 나보다 더 잘해서 더 좋은 대학으로 가면 나는 자동합격인데."

그래, 마음을 잘 써서 합격한 거야.

부모들은 자식의 바른 교육을 위해 가끔 회초리를 들기도 한다. 막둥이가 어릴 때이다. 교육 차원이기에 몇 대 맞을지 약속하고 한 대 때리고 훈계하고 또 한 대 때리고 훈계하는데, 엎드려서 맞고 있던 막둥이가 고개를 쳐들고는 한마디 외쳤다.

"아빠, 말하지 말고 연속으로 때려 주세요."

웃음이 빵 터져 옆방으로 가서 실컷 웃었던 기억이 나며 지금도 귀엽다.

나의 모순

입사한 지 얼마 되지 않았을 때의 일이다. 우리 회사 제품이 덤핑판정을 받을 위기에 처했다. 써먹을 데가 있다며 나도 위기대응 팀에 합류시켰다. 어떤 값이 적정수치인지 시뮬레이션을 해서 찾아야 하는데 빠른 계산이 필요했던 것이다. 즉, 멀티플랜(엑셀)을 담당하라는 것이었다. 주어진 시간이라 때론 밤샘도 하며 덤핑판정의 위기를 잘 넘길 수 있었다. 덤핑조사가 마무리되고 위로 차원에서 회식이 있는 날이다. 저녁을 먹으면서 소주도 한잔씩 하고 덤핑조사 때의 이야기가 주 안줏거리가 되었다. 회식이 시작된 지 얼마 되지 않아 술은 별로 취하지 않았지만, 앞에 앉은 주임이 내게 하는 말투가 좀 거슬렸다. 아직도 철없던

근성이 완전히 없어지지 않았는지 그에게 식당 뒤로 나가자 했고, 언쟁이 몸싸움으로 변해버렸다. 덩치가 큰 주임을 당하기에는 역부족이었고 그래서 뭔가를 주워 내리치자 도망을 가버렸다. 집에 와서 보니 팔꿈치며 군데군데 상처가 나 있었다. 다음 날 아침 출근을 했다. 근데 어제의 그 주임이 보이지 않았다. 사무실로 알아보니 오늘은 출근을 하지 않는다고 연락이 왔단다. 전화번호를 알아내고는 통화를 했다. '아직 승부가 가려지지 않았으니 어제 그 장소로 다시 가서 끝장을 보자'고. 그다음 날 출근을 했는데 주임도 상처가 더러 나 있었다. 미안한 마음도 들었고 서로 손을 잡고 화해를 하고는 다른 사람들보다도 더 가까이 잘 지낼 수 있었다. 싸운다는 것 자체만으로도 잘못되었다는 것도 맞지만 한번 생각해 볼 필요가 있는 것 같다. 치고 박고 싸운 이야기가 두 번 나왔는데 두 번 다 '건방지다'이다. 원인 제공자가 과거에는 어린 나였고 이번에는 상대가 제공자인 셈이다. 그러면 한 번의 경우는 싸운다고 치더라도 다른 한 번은 싸우지 말아야 할 것이다. 바로 이것이 내 자신 위주의 생각, 즉 나의 모순이 아닐는지?

Chapter 4

내가 착하게 살아가려고
노력하는 이유

이 장이 있기에 이 글을 쓸 용기가 생겼고, 어쩌면 이 장을 쓰기 위해서 이 글을 시작했는지도 모르겠다. 또한, 가장 조심스러운 장이기도 하다. 돌아보면 아주 어리석고도 어설픈 농땡이였고, 이런 재미에 지금까지 푹 빠져서 헤매었으면, 현재의 모습이 '어떻게 되었을까?'라는 생각을 해본다. 아마도 지금보다 잘살거나 쪽박을 찼거나 둘 중 하나일 것이다. 단언컨대 후자가 되었을 가능성이 훨씬 높았을 것이라 생각한다. 이렇게 말을 하니 지금은 착하게만 살아가는 것처럼 비춰질 수 있는데 결코 아니다. 이 구렁에도 빠지고 저 구렁에도 빠지고 맨날 풍덩풍덩하며 살아가고 있다. 그러나 이겨내려 노력하고 '이러면 안 되지, 이것은 아니야'를 곱씹으며 조금 더 이겨내려고 발버둥 칠 뿐이다. 어떤 경우든 순간의 충동은 사실 참아내기가 힘이 든다. 그러나 시간이 조금만 흐르고 나면 나 자신이 뭔가 큰일을 해낸 것처럼 뿌듯해진다.

나 자신과의 세 가지 약속

나는 회갑 때까지 실천하고 싶었던 나 자신과의 세 가지 약속이 있다. 이 마음을 먹은 지는 꽤나 오래된다.

1

엄마는 남들이 가는 성지순례를 너무나 가고 싶어 했다. 하지만 걷는 것이 남들 같지 않아 같이 따라가는 것은 남들에게 피해만 준다며 망설였다고 한다. 엄마 이야기를 들어보면 그나마 걸을 수 있을 때 가까운 동남아 정도는 다녀왔는데 성지순례하고는 시기 등이 맞지 않았다고 한다. 아내와 상의를 했다.

"어떻게 방법이 없을까?"

"외국어가 되어야 뭐라도 생각을 해보지?"

"멀리는 못 갈 것이고 가까운 성지는 어디고?"

"관덕정에서 일본 자주 가는 것 같던데."

"일본?, 거기 됐다. 어순도 비슷하니."

이렇게 아내와 상의를 끝내고 아내는 여행 프로그램을, 나는 일본어 공부를 나누어 맡았다. 혼자서 공부를 해 보니 참 쉽지 않았다. 책을 펼쳐 달달 외워 보지만 통발에 미꾸라지 빠지듯 남는 게 별로 없었다. 앞에 내용을 몰라 다시 뒤져보면 분명히 줄은 그어져 있는데 꼭 남이 줄을 친 것처럼 느껴졌다. 하루는 나의 취지를 설명하고 잘 아는 일본어 교수에게 학부 회화수업 때에 강의를 좀 듣게 해 달라고 부탁을 했다. 맨 뒤에 앉아서 수업을 듣는데 학생들은 교수님이 "ここから東京駅まで歩いてどのくらいかかりますか(여기서 도쿄역까지 걸어서 얼마나 걸립니까)"라고 하면 "ここから東京駅まで歩いてどのくらいかかりますか" 하며 따라 하는데 나는 "ここから東京駅まで" 하면 벌써 다음으로 넘어간다. 이렇게 노력한 끝에 드디어 출발의 날을 맞이했다. 비행기에서 내려 미리 예약해

둔 공항의 가장 가까운 렌터카영업소를 찾아갔다. 사용방법 등 대충 설명을 듣고는 운전석에 앉았다. 밖을 내다보니 어둠이 다가오고 100여 미터쯤이나 움직였을까 정신이 몽롱했다. 운전석, 깜빡이, 차선 등 모두 우리와는 반대였다. 방향을 바꾸려고 깜빡이를 올리면 윈도우브러시가 좌우로 흔들리고 윈도우브러시를 작동하면 깜빡이가 깜빡깜빡 했다.

"나 도저히 운전 못하겠어, 스케줄은 뒤에 생각하고 일단은 이 주위에서 자고 가야겠어."

다음 날, 천천히 운전을 해보니 조금씩 적응이 되었다. 가는 길에 이것저것 구경하고서 엄마가 그토록 원하던 성지에 도착했다. 차를 주차할 곳이 마땅찮았다. 바로 돌아올 것이라고 망설임 없이 넓은 빈 마당 구석 코너에 주차를 했다. 그러고는 엄마가 성지를 둘러보기 전 성당을 먼저 들어가자고 했다. 엄마는 앉으면 기도하는 사람, 여기서도 시간이 흘렀다. 나오면서 신부님을 만나 이런저런 이야기를 나누고 다음 행전지가 어디냐는 질문에 한 시간 반 정도 소요되는 어디를 간다고 대답하고는 성지를 순례했다. 약 두 시간을 이렇게 보내고 차가 있는 곳으로 찾아갔다. 그런데 내 차 바로 옆과 뒤에 다른 차가 주차되어 있어서 내 차를 뺄 수가 없었다. 한참을 기다리다 낌새가 이상해서 우리나라 영사관으로 전화를 했다. 영사관에서는 일본으로 알아본 결과 주차 부주의라 고의로 막아 놓았으니 4시간 반 후에 차를 빼 준다고 했다. 화가 나지만 기다릴 수밖에 없었다. 잠시 뒤 일본 경찰에게서 전화가 오고 위치 설명을 쩔쩔매며 하는 중에 조금 전 들렀던 일본 신부님이 우리를 발견하고는 다가와서 전화기를 바꿔 주었다. 위치는 해결되었고 설명을 들어보니 신부님께서 우리를 찾아 나섰다고 한다. 그것도 한 시간 반이나 되는 거리를. 마침 우리를 찾아서 다행이라며 가방을 내미는 것이었다. 엄마가 성당에서 기도할 때 여권 등 중요 물품이 든 가방을 두고 온 것이었다. 엄마가 한마디 던졌다. "봐라, 여기에 붙들린 것도 다 뜻이 있는기라" 하며 맘을 편히 먹자고 했다. 주어진 시간이 되자 정확히 차는 빼 주었다. 그러나 그 도시는 꼴도 보기 싫었고 계획을 바꾸고 다른 도시를 향해 고속도로를 달렸다. 이건 또 무슨 일인가? 렌터카의 왼쪽에서 '찌지직' 소리가 들렸다. 화도 났고 차 운전도 미숙하고 분리대를 긁어 버린 것이다. 가까운 휴게소로 들어갔다. 차 옆을 보니 심하지는 않았지만 서너 줄이 길게 쫙 긁혀 있었다. 성질은 더 났고 해결책을 찾아보려고 보험 약관을 한번 훑어보았다. 짧은 일본어이지만 한문이 들어 있어 대충 이해는 되었다. 엄마가 이 모습을 보고 한마디 했다.

"야들아, 이미 엎질러진 거 우야겠노? 기안타, 이 차 얼마 하노? 내가 물어주꾸마."

"무슨 소리 하노? 그 돈은 누구 돈이고?"

"아이다, 내가 너거 마음 다 안다. 다 내 때문에 이래된 거 아이가."

엄마가 돈이 있어서가 아니라 원래 통이 좀 큰 편이다. 엄마와 아버지의 부부싸움 이야기를 살짝 해보면 예가 되지 싶다. 아버지와 엄마가 금전 문제 등으로 싸우게 되면 말로서는 아버지가 못 당한다. 아버지는 힘으로 장악하려 하고 엄마는 말로서 쏘아붙이면 대체적으로는 엄마가 승리한다. 화가 난 아버지가 마지막으로 엄마에게 한마디 한다.

"저 X 저거 초등학교만 나왔어도 압량을 팔아먹고도 남을 X이야."

압량은 면 단위의 행정구역 명칭이다. 보험약관에는 이렇게 적혀 있었다. '자차의 물적 피해에 대해서는 파손의 정도에 관계없이 사고건당 2만 엔(24만 원 정도)을 변상하면 면책이 된다'라고. 엄마한테 이 설명을 했더니 "봐라, 다행이다. 앞으로 조심하라고 뜻이 내린기야" 한다. 이 한마디에 모두가 묘한 웃음으로 변했고 기분이 만회가 되면서 다음 목적지를 향해 다시 페달을 밟았다.

2

어릴 때부터 있는 그대로를 일기로 쓰고 싶었다. 그런데도 누군가가 볼까 봐 항상 두려워서 엄두를 내지 못했다. '자물쇠로 잠그면 되겠지'라고 마음도 먹어 봤지만, 오히려 더 궁금해서 열어 볼 것만 같아 이날까지 미루어 왔다. 세월이 흘러 용기가 생기고 나 자신만 알아볼 수 있도록 암호 비슷하게 한 줄 한 줄 적어 왔다. 늦게나마 이렇게 일기 비슷하게 쓰고 있으니 중간중간에 웃음도 나고, 눈물도 나고, 어이없는 말이나 행동들에는 부끄럽기까지 하다. 내 암호장 속에는 들어 있지만 모든 것을 다 끄집어내기에는 아직도 부담이 생긴다. 다 드러내지 못해 아쉬운 점도 있지만 그래도 이렇게라도 쓸 수 있다는 게 나의 작은 소원을 이루어가는 것 같아 참 감개무량하며 나만의 생각에 젖어 본다.

3

아직까지도 계획으로만 잡혀 있고 실천에는 못 미치고 있어 갑갑한 마음이 든다. 이 계획은 드러낼 수가 없다. 다만 우리가 흔히 욕심을 내는 '세계일주를 할 거야, 돈을 엄청 벌어 볼 거야' 이런 종류와는 좀 다르다. 실천이 되는 그날까지 내 마음속에만 품고 있어야 한다. 그런데도 여기에 쓰는 이유는 내 자신에게 더 각인시키려는 의도다. 이토록 간절하면 이루어진다고도 하지만 노력이 부족한 내 불찰이다. 과거에 엉뚱한 짓 안 하고 바른길만 걸었었더라면, 지나친 욕심의 유혹에 빠지지만 않았었더라도……. 그러나 나는 아직 살아 있다. 최선을 다해 보리라. 세상 끝날까지…….

교육의 효과

차가 그다지 많지 않을 시대였는데 매형으로부터 타던 소형 중고차를 한 대 얻었다. 버스를 타고 가서 회사 버스로 바꿔 탈 때보다 훨씬 편리했다. 어느 날, 차가 생겼다는 것을 아는 선배 교우가 차량 봉사를 좀 하라고 연락했다. 가톨릭에 '꾸르실료'라는 교육이 있는데 수강생들을 좀 태워가자는 것이었다. 그렇게 어려운 일도 아니라 선뜻 대답했다. 그런데 교육 장소에 도착해서는 나를 화나게 만들었다. '너는 아직 이 교육을 받지 않았으니 우리가 나올 때까지 차에서 기다리고 있어.' 몇 차례 이러고 나니 은근히 약이 올랐다.

"나도 이 교육받을 수 없습니까?"

이렇게 해서 교육을 일반적인 경우보다는 조금 이르
게 받게 되었고 교육 후 열흘이나 되었을까 한 친구에게서
전화가 왔다.

"너하고 누구하고 셋이서 맛있는 술 한잔하자."
"너는 평소에도 맛있는 술 자주 마시잖아?"
"아니, 독약 말고 술술 넘어가는 술이 있는 집을 알아."

아마 접대 술을 독약으로 표현한 거 같았다. 친구 둘은
약속된 장소에서 만났는데 여자도 세 명이 있었다. 저녁을
먹으면서 술도 주거니 받거니 하다가 취기가 어느 정도 오
르자 주선한 친구가 미리 예약해 둔 방으로 이동했다. 우
리는 다 같이 고스톱을 신나게 쳤다. 얼마나 시간이 흘렀
을까 한 쌍이 지정된 방으로 사라지는 것이었다. 이제 남
은 사람은 두 쌍, 평소 같으면 남은 친구도 건달의 리더라
다분히 지정된 방으로 이동할 스타일이건만 이날만은 아
침까지 고스톱을 같이 두들겼다. 아침에 식당에서 세 팀이
같이 만나 아침밥을 먹고 헤어질 때쯤 한 여자가 자그마한

소리로 나에게 이렇게 말했다.

"고스톱 치려고 이렇게까지 멀리 왔어요?"

그냥 슬쩍 웃어넘겼다. 독 안에 든 쥐가 될 뻔했는데 피정 교육의 약효가 아닐까 생각해본다.

눈물

홍수가 심하게 난 수해지역에 달변으로 유명한 어느 도지사가 격려차 방문을 했다. 처참한 수해 현장을 본 도지사는 아무 말이 없고 멍하니 바라만 보고 있었다. 옆에 있던 기자가 마이크를 들이대며 물었다. "현장을 보시니 어떠세요?" 도지사는 아무 말 없이 눈물만 쏟아내며 연신 손수건으로 눈물을 훔쳤다. 이 광경을 지켜본 주위 사람들은 이 참혹한 현실에도 불구하고, 같이 눈물을 흘리며 박수를 보냈다고 한다. 이 얼마나 멋진 명연설인가? 진실을 말할 때나 내 자신이 실천 가능한 말을 하려면 더듬거리고, 버벅거리고, 때로는 얼굴이 붉어지고 말을 잘 못하는 것은, 너무나도 진실한 모습이 아닐까?

✳︎✳︎✳︎ 세상에서 가장 아름다운 것이 무엇이냐고 나에게 묻는다면, 나는 서슴없이 '눈물'이라고 말하고 싶다. 눈물은 머리에서 나오는 것이 아니라 가슴으로부터 나온다고 생각한다. 슬플 때만 눈물이 나오는 것이 아니다. 너무 기뻐도 웃음보다 눈물이 먼저 나오며 가슴을 자극한다. 가슴에서는 가식이 있을 수 없다. 단, 악어의 눈물은 빼고 말이다. 김수환 추기경님께서도 '머리에서 가슴으로 내려오는 데 70년이 걸렸다'라고 하셨듯이 그만큼 깊이가 있다는 뜻일 것이다. 내 성격이 극과 극이라 눈물도 많고 때론 독하기도 하다. 뭘 보다가, 듣다가, 읽다가 코가 맹맹해질 때가 있다. 그러면 아내가 옆에서 "아이쿠, 나이가 들어서……"라고 한마디 한다. 나는 이 말이 무슨 말보다도 듣기 싫어서 "또 헛소리하노. 나는 젊을 때부터 그랬거든"으로 응수한다.

돈

돈을 싫어하는 사람은 아무도 없을 것이다. 왜 돈을 악착같이 벌려고 노력하는지? 사람에 따라 많이 다른 것 같다. 돈만을 모으는 것이 목적인지, 돈을 도구로 사용하려고 모으는 것인지 참, 아리송하다. 돈이란, 나의 부족한 부분을 돈으로 사서 채운다 해도 크게 심한 말이 아닐지도 모르겠다. 돈만을 모은다는 것은, 먹지도 못하는 사해의 소금을 모으는 것과 무엇이 다르랴?

돈을 버는 방법은 여러 가지이다. 많이 벌고 적게 벌고도 중요하지만 덜 굽실거리고 때로는 약간의 대우를 받으면서 돈을 벌 수는 없을까? 방법이 있을 것 같다. 나의 주관적인 생각일 수도 있겠지만 '성인이 되어서의 열심히는 돈을 벌기 위함이고 학창시절의 열심히는 돈은 물론이고 대우까지도 덤으로 얻지 않을까?'라고.

'공수래공수거' 빈손으로 왔다가 빈손으로 간다는 것은 엄연한 사실이다. 그런데도 많이 가졌음에도 불구하고 나 자신을 채우지 못하고 '나는 아직도 부족해'라고만 생각한다면, 오히려 스스로 자신을 깎아내리는 셈이 될 것이다. 이 생각으로는 아무리 채워도 밑 빠진 독에 물을 갖다 붓는 거와 다를 바 없다. 이 밑 빠진 곳을 메워야만 물이 찰 것이다. 이 밑 빠진 곳을 두꺼비로 막아보자. 두꺼비가 어디에 있을까? 우리의 가까이든 멀리든, 보잘것없고 힘없는 사람들이 바로 두꺼비일 것이다. 이 두꺼비들을 베풀며 사랑해 보자. 그러면 이 두꺼비들은 다리가 튼튼해지고 방방곡곡을 돌아다니며 당신의 고마움을 전하게 될 것이고, 말이 돌고 돌아 폭우 같은 물줄기가 되어 그 독을 넘쳐흐르게 만들 것이다. 이렇게 말을 하고 나니 꼭 되돌려받으려고 하는 말처럼 되어 버렸는데 그런 뜻은 아니다. 돈을 번다는 것은 자신의 노력 여하에 따라 정도의 차이는 있겠지만, 돈을 쓸 줄 안다는 것은 어쩌면 '태어날 때부터

타고난 것이 아닌가?'라는 생각이 들 때에는 돈을 움켜쥐
고 있는 사람에게 측은한 마음마저 든다.

양심

각자의 양심대로 세상을 살아간다면 세상은 평화로울까? '아니다'라고들 한다. 양심의 잣대 기준이 천차만별이기 때문이 아닐까? 어떤 사람은 일반적인 자를 들이대고는 서로를 이해하고, 또 다른 어떤 사람은 고무줄 자를 들이대며 '봐라, 내 말이 맞잖아' 하고 소리친다. 똑같은 잘못을 저지르고도 '내가 생각이 짧았구먼'이라고 느끼는 사람이 있는가 하면, '내가 뭘 잘못했는데' 하며 큰소리치는 사람이 있다. 농담 삼아 하는 말 중에 '고스톱'을 쳐 보면 품성을 가장 빨리 알 수 있다는 말도 있다. 나는 이 농담에 공감한다. 나도 전에는 가끔 고스톱을 즐겨 치고는 했다. 실수나 잘못이 일어난 경우 극명하게 드러난다. 고스톱을

칠 때에도 보드라운 사람은 '그럴 수도 있지' 하고 넘어가는 반면 거친 사람은 '어떻게 그럴 수가 있어?' 하고 소리를 질러댄다. 반대로 거친 사람 자신이 잘못했을 때는 '허허허' 하고 뻔뻔스럽게 웃으며 마무리하려 한다. 양심이란 태어나면서부터 타고나는 것이 아니라 사회적인 활동을 하면서 형성된다고 한다. 이 말은 자신의 노력으로 바꿀 수 있다는 의미일 것이다. 우리들이 하는 고스톱은 밥 한 그릇하고 술 한잔 하기 위한 놀음이지 노름이 아니다. 내가 밥을 사는 날도 있고 내가 얻어먹는 날도 있지 않겠는가? 축소판의 이야기지만 어느 모습이 아름답고 부드러울까? 나 자신도 때로는 '조금만 참지' 하고는 후회되는 날이 있다. 남들이 보는 나의 양심은 어떨까? 부끄러운 삶을 살고 있지는 않은지? 이 글을 계기로 양심에 비추어, 부끄럽지 않은 삶을 살도록 노력해 봐야겠다.

베풂도 용기가 있어야

　　모임에서 친구들과 '서울투어'를 하기로 약속되어 있는 날이다. 기차를 타기 위해 아내와 함께 동대구역에 도착했다. 출발시간을 보니 아직 여유가 좀 있었다. 아내는 아내대로 나는 나대로 주위를 두리번거리며 구경을 하다가 폐지를 모으는 할아버지가 눈에 들어왔다. 걷는 걸음새가 마치 불편한 다리처럼 기우뚱기우뚱 걸어가고 있었다. 옷이야 그렇다 치고 신발을 자세히 보니 뒤꿈치가 닳은 것은 물론이고 신발 바닥과 발목을 이어주는 중간이 쭉 찢어져서 덜렁거리는 모습이 절뚝거리는 것처럼 보였던 것이다. 순간 마음이 찡했다. 신발을 벗어주려고 마음은 먹었는데 도저히 용기가 나질 않았다. 누군가 볼까 봐 두렵고 또 벗어 준 후에 맨발로 다니자니 부끄러운 맘이 들고, 한참을 이리저리 아내를 찾아서 이 이야기를 하고는 아내와 같이 그 사람을 찾아 나섰다. 하지만 이미 어디론가 가버리고 찾을 수가 없었다. 지금도 그 운동화가 우리 집에 있다. 볼 때마다 떠오른다. '왜 그렇게 남의 눈을 의식하니?' 용기란 나의 발전을 위해서도 필요하지만 이런 경우에도 필요하다는 것을.

＊＊＊ '약한 자를 도와야지' 하는 마음은 누구나 다 갖고 있다. 그러면서도 실천이란 게 정말 쉽지 않다. 정기적으로 하자니 내일을 모르는 우리로서 부담이 될 수밖에 없다. 이 부담 때문에 계속 밀린다. TV를 보다가 아내가 나에게 힘을 북돋우어 준 말을 잠깐 할까 한다. 텔레비전을 보다 보면 후원금 관련 캠페인을 종종 볼 수 있다.

"아이고, 나도 하기는 해야 되는데 내일이 어떻게 될지?"

옆에서 듣고 있던 아내가 한마디 한다.

"맨날 그 소리마 하면 언제 하노? 내일은 내일이고 가능한 날까지만이라도 해봐요."

　이 한마디에 부끄러울 정도의 적은 금액을 지금까지
는 하고 있다. 나는 이런 생각을 해 본다. 정기적이란 것은
부담스러운 게 사실이다. 그래서 TV에서나 모임에서, 길
을 가다가도 감정이 와닿는 순간에 한 푼 두 푼 바가지 통
에 모으는 것도 한 방법이 되지 않을까?

극적으로 받았던 은혜

우리가 살아가면서 걱정 없는 사람은 없다고들 한다. 기본적인 걱정거리는 대체적으로는 큰 차이가 없을 것 같다. 돈, 자식, 건강으로 순서도 비슷하지 않을까 싶다. 내가 느꼈었던 일들을 적어보려 한다.

＊＊＊ 능력도 부족한 내가 자식은 셋이나 두어, 위에 둘은 취업준비생과 대학생이고 막둥이는 고등학교 다닐 때의 이야기다. 아직 어느 한 놈도 사회에 발을 못 디딘 시기였다. 이 시기에 서점의 공개입찰이 진행된다는 통보가 날아왔다. 나는 하늘이 노래지며 '이제 죽었구나, 앞으로 어떻게 살아가지?'라는 생각에 잠을 이룰 수가 없었다. 들

어갈 돈들은 천지삐까리이고, 나는 재취업도 다른 직종도 구하리라 상상할 수 없었다. 발표 날까지의 하루하루가 천년 같기도 하지만 내가 낙찰된다는 보장도 없었다. 자그마한 밭이라도 하나 있기에 위안이라도 삼아보려고 밭으로 향했다. 농사로서는 감당이 안 될 거 같고, 우리 밭 바로 옆에 아주 작은 오리농장이 보였다. 눈이 번쩍 뜨였고 아내에게 말했다.

"참나, 내가 저지른 것도 아니니 '뜻이다' 받아들이고 이렇게 해 보자."
"어떻게요?"
"나는 이 밭에다가 오리를 먹이고 당신은 미안하지만 밥그릇이라도 닦아서 애들 뒷바라지는……"

말도 덜 끝났는데 흐느끼는 소리가 들렸다. 같이 쭈그려 앉아서는 서로를 달래며 '우리는 할 수 있어'를 되뇌었다. 집으로 돌아와서 오리 사육 관련 책도 보고 수입에 대해서도 알아보는데 "그 정도의 사육으로는 연간 500도 벌기가 힘들걸요"라는 말을 듣는 순간 희망이 절망으로 바뀌었다. 이쯤 되니 마음은 물론이고 힘들면 가장 먼저 찾아온다더니, 새벽이면 인사를 하던 남자의 기운도 제구실을 못 하는 것 같았다. 병원을 찾아갔다. 의사 선생님이 시키는 대로 과정을 거치고는 의사 앞에 앉았다.

"정상입니다."
"예? 정상이라구요?"
"급성 스트레스성 OOOO입니다. 시간이 좀 지나면 나아질 거예요."

지금은 웃으며 말할 수 있다. '진료과정이 어땠냐고요? 예, 지금 당신께서 생각하시는 그대로입니다.' 몸이야 정상이란 말을 들었지만, 마음은 완전 쑥대밭이었다. '어디에도 기댈 곳도 없고 어디에 의지하지?'라며 생각 중에 엄마가 일러 준 '슬프고, 힘들고, 괴로울 때도 기도로써 극복해라'란 말이 와닿았다. 마침 성당에 9일 기도 기간이 다가왔고 하루도 빠짐없이 힘껏 매달렸다. 그러고는 결과의 날이 밝았다. '서재윤으로 낙찰되었습니다.' 이 기쁜 마음을 말로써는 표현할 길이 없다. 바로 엄마에게로 달려갔다. 엄마를 만났을 때까지도 울고 있었으니 엄마가 "와카노? 뭔 일이고?" 하며 놀란다.

"재입찰을 억수로 걱정했는데 엄마 기도 덕분에 방금 좋은 결과가 나와서 바로 이리로 왔다."

엄마가 "그래, 기도의 힘이지" 하고는 나의 눈가를 어루만져 주었다.

＊＊＊ 우리 큰놈이 중학교에서 고등학교를 들어갈 때의 이야기다. 중학교는 불합격자 없이 다 들어가지만, 고등학교는 중학교의 내신 성적을 기준으로, 하위급은 같은 재단의 고등학교에 입학을 못 하고 타 지역으로 가야 한다. 이 큰놈도 애비를 닮아서인지 공부하고는 거리가 있었다. 그래도 공부하는 모습은 별로 보지 못했지만, 성적표는 중간치 선은 유지하는 것 같았다. 입학 시기가 다가오고 학교로부터 집으로 안내문이 날아왔다. '귀하의 자제가 성적 미달로 본교의 입학이 불가능하오니 참고하시기 바랍니다'라고 적혀 있었다. '아니 뭔가 착오가 있나 본데'라고 생각하고는 성적표를 가지고 학교를 찾아갔다. 담임선생님을 만나 성적표를 보이면서 설명을 하니, 고개를 갸우뚱하고는 전산 담당 선생님을 부르는 것이었다. 전산 담당 선생님이 이 성적표를 보자 "우리 학교 성적표 양식이 아

닙니다" 하는 것이었다. 이어서 우리 큰놈이 호출되고 눈물을 글썽이며 교무실로 들어왔다. 어안이 벙벙하여 아무 말도 나오지 않았다. 집에 가서 설명을 들어보니 아버지가 성적이 떨어지면 불호령이 떨어지기에 가짜 성적표를 만들어 보여줬다는 것이었다. 앞부분에서 생략했지만 사실 나도 학창시절에 더한 짓도 있었기에 '아이고, 이놈이 저거 애비를 빼닮았구나'라는 생각이 들며 무어라고 할 말도 없었다. 엎질러진 물 도로 담을 수도 없고 깊은 고민에 잠겼다. 마찬가지로 엄마의 말이 떠올랐다. 때마침 이 시기도 9일 기도 시기라 똑같이 하루도 빠지지 않고 기도에 참석했다. 정확히 9일 기도 7일째 되는 날, 학교에서 전화가 왔다. '강호가 입학이 가능하게 되었습니다'라고 했다. 기쁘기도 하지만 너무나도 신기해서 또 학교를 찾아갔다. 설명을 들어보니 '올해에는 타 중학교에 홍보를 덜 나가서 외부학교에서의 지원이 적었다'라고 했다. 즉, 내신 성적으로의 입학이기에 외부에서 오는 학생들은 내신 성적이 좋아서 지원하면 거의가 합격인 것이다. 결과적으로 외부학생들의 몫에 큰놈이 들어간 것이었다. 이 어찌 감사하지 않으랴!!! 우리 큰놈, 너도 이 글 읽게 된다면 추억이 살아나겠지? 지금 살아가는 너의 모습 참 보기 좋다.

＊＊＊ 친구들 몇몇이 계 모임을 했다. 당시에 같이 까불던 친구들도 있었고 동기지만 계 모임을 하면서 알게 된 친구들도 있었다. 놀다 보면 추억으로 회귀하고 싶은 맘이 들 때가 있다. 때는 토요일, 점심을 먹으면서 바다를 보니 날씨가 화창해서 모래사장이 반짝반짝 빛나고 있었다. 누군가 한마디 던졌다.

"우리 옛날 생각하며 씨름 한판 붙어볼까?"

가위, 바위, 보로 짝을 이루고 팀이 구성되었다. 덩치가 큰 놈들도 있었지만 나는 덩치가 가장 작은 친구와 한 판을 붙게 되었다. 이쪽저쪽 씨름판이 끝이 나고 내 차례가 되었다. 상대의 덩치가 작은지라 '요것쯤이야'라고 생각하고 어슬렁거리는데 헐! 내가 모래바닥에 콱 처박히고 말았다. 둘째 판이 되었다. 얕보다가는 큰코다치겠다는 생각에 야물딱지게 밀어붙여 보는데 그냥 매미가 한 마리 붙어 있는 것처럼 떨어지지가 않았다. 온 힘을 다해 바닥에 내팽개쳤다. 여기서 승패를 이야기하려는 것이 아니다. 모임이 끝나고 각자 집으로 돌아갔다. 다음 날 아침, 성당에 가려고 잠자리에서 일어서서 발을 디디는데 허

리가 아파서 꼼짝도 할 수가 없었다. 화장실 가는 것마저
도 등에 업히어 다닐 지경이었다. 도로 자리에 누우니 온
갖 생각이 다 들었다. '이 길로 나는 꼼짝도 못 하는 불구
가 되는구나. 애들은 우야고? 마누라는 불쌍해서 어떡해.'
잡생각 속에 잠이 들고 저녁이 되었다. '아니, 미사는 빠
질 수 없지? 업혀서라도 무슨 수를 써서라도 갈 거야' 하고
는 자리에서 내려와 아주 살포시 발을 디뎌 보았다. 아픔
을 느끼지 못했다. 조금 더 강하게 발을 디뎌 보았다. 역시
아프지 않았다. 그러곤 뛰어 보았다. 나는 생각했다. '말로
표현할 수 없는 뜻이 내려진 거'라고.

　＊＊＊ 말로 표현할 수 있는 부분만 적었고 그 외, 글로
는 설명할 수 없는 또는 구체적으로 설명하면 안 되는 감
사함이 더 많아 이 순간에도 저절로 고개가 숙여진다.

행복이란?

　행복이란 것을 인터넷에서 뒤져보니, 생활에서 충분한 만족과 기쁨을 느끼어 흐뭇한 상태, 행복이란 허상이고 자본주의가 만들어 낸 조작된 욕망 등으로 정의되어 있다. 구체적인 단어로 표시하자면 돈, 권력, 명예, 욕망 등등으로 아무리 노력해도 잠시는 만족할지 몰라도 영원히 채울 수 없는 낱말들이다. '모든 국민은 법 앞에 평등하다'는 이 말보다도 더 공정한 게 행복의 느낌이 아닐까 싶다. 내 자신이 느끼는 행복과 남이 누구를 바라보며 '저 사람은 행복할 거야'라고 생각하는 것은 다르지 않을까? 이 느낌이 마음으로는 이해가 되지만 글로 표현하기에는 짧은 나의 지식으로는 도저히 불가능하다. 지구상에서 가장 행복지수가 높은 나라는 '부탄'이란 글을 어느 신문에선가 읽은 적이 있다. '부탄'이란 나라가 경제적으로는 많이 어려운 국가라는 것은 익히 알고 있다. 그런데도 행복지수가 높다는 것은 무엇을 의미하는 것일까? 물질적 욕구와는 다르다는 뜻이 아닐까? 그러면 인생의 궁극적 목표인 행복을 어떻게 하면 부족한 가운데서도 느껴볼 수 있을까? 참 어려운 말이다. 우리의 욕심은 깨어진 항아리와도 다르다. 깨어진 항아리는 빠져나가는 양보다 들어오는 양이 많으면 어쩌면 채워질지도 모르겠다. 그러나 우리의 욕심 항아리는 무한정의 항아리라 어떤 양으로도 채우기에는 물질적으로 불가능하다. 이 욕심의 항아리를 감사의 항아리로 바꿔보자. 감사의 항아리는 신비의 항아리라 딱 자신이 채울 수 있는 크기의 항아리로 만들어진다. 살아가다 보면 부딪히기도 하고 술술 풀려가기도 한다. 부딪힐 때마저도 '아아 이 방향은 내가 갈 방향이 아니라서 막아주는구나'라고 생각하면 감사한 마음이 저절로 들 것이다. 사실 이 말 자체가 너무나도 이해하기 힘이 들고 '너는 되니?'라고 반문할 것이다. 그러나 이것이 자신을 평화롭게 만들고, 감사한 마음이 들면 자동적으로 행복과 연결된다. 그리고 '감사한 마음이 곧 행복이다'라고 감히 말하고 싶다.

편애 그리고 속마음

어릴 때에 엄마와 아버지가 싸우는 모습을 종종 보면서 자랐다. 엄마는 입으로, 아버지는 힘으로 싸울 땐 우리 자식들 넷은 울음바다가 된다. 지금 하는 이야기는 내가 커서 엄마가 들려준 이야기다. 엄마는 힘이 들어 도망도 치고 싶고 심할 땐 별생각을 다 했다고 한다. 그러던 어느 날, 엄마는 종교에 의지하고 싶은 마음에 그래도 영감이라고 아버지와 상의를 했단다. 이때에 아버지가 자신이 겪은 이야기를 하더란다.

"내가 초등학교를 졸업하고 인천에 있는 철공소에 선반공으로 취직을 한 적이 있었어. 그때에 나는 월급으로 30원을 받았고 6개월 뒤에 들어온 친구는 31원을 받았지. 나는 화가 나서 도저히 일이 손에 잡히지 않아서 투덜거리고 있었어. 그때에 친구가 나한테 다가와서 '만섭아, 내 너 마음 안다. 월급 받으면 너보다 더 받은 1원을 너하고 같이 나누자'라고 말을 하더군."

아버지는 감동을 했고 그 친구를 눈여겨보았단다. 하는 일마다 남들하고는 다르다는 것을 느꼈고 그 친구의 종교도 알게 되었단다. 이 이야기를 하면서 "그 친구 성당 다닌다던데 당신도 종교 갖고 싶으면 성당으로 가지?"라고 하더란다. 종교뿐만 아니라 어떤 모임에서도 '나 저놈 보기 싫어 안 갈 거야'란 말들을 한다. 얼마나 자신이 하는 행동이나 말들이 주위에 영향을 주는지 생각해 볼 수 있는 대목이 아닐까 싶다.

✲✲✲ 이렇게 해서 엄마는 성당으로 나가게 되었고 이후로 엄마의 마음은 다소 안정을 찾아갔지만 다툼은 멈추지 않았고 큰아들만 바라보며 살았다고 한다. 이러다 보니 단연 장남 위주가 되었고 나는 항상 서운한 맘이었으니, 나는 아버지가 좋았고 엄마한테는 자주 대들었다. 성인이

될 때까지도 그 느낌은 그대로 남아 있었다. 시간이 흘러 엄마도 생각에 잠겼고 하루는 허심탄회하게 이야기할 기회가 있었다. 풀려고 할 때는 본론을 이야기하지 말라 했거늘, 그러나 엄마도 나도 모든 이야기를 다 털어냈다. 엄마도 사실을 인정하며 과거와 현재를, 여기에는 쓰지 못할 마음속 말들까지 숨김없이 쏟아냈다. 나는 엄마를 이해하며 마음이 움직이기 시작했다. 엄마도 나도 씻은 듯이 깨끗해지며 더 자주 찾아가게 되고 엄마, 아버지를 모시고 가끔씩 구경도 다니며 나름대로 자식의 의무를 하려고 애를 썼다. 그리고 20 수년 후 아버지는 세상을 떠나셨고 엄마는 말 못하는 친고모와 둘이서 생활을 했다. 멀지 않은 거리라 엄마 말대로 오갈 곳이 없이 쉬는 날이면 으레 찾아가곤 했다.

＊＊＊ 그리고 수년 후 저녁 무렵, 힘없는 목소리로 엄마로부터 갑자기 '너거 부부 같이 이리로 오라'는 명령이 떨어졌다. 뭔가 심상찮은 생각이 들어 쏜살같이 달려갔다. 엄마가 "내가 이제 다 산 거 같다. 밥이 안 넘어간다. 병원에 좀 실어도고" 하고는 "내가 입고 갈 삼베옷은 저기에 있고 통장은 여기에 있고 …… 그리고 마지막 뒤처리는

너거가 알아서 다 해 주길 부탁한다" 하는 것이었다. 병원으로 모셔드리고 회복이 되어 엿새 뒤, 퇴원을 하면서 엄마 집으로 들어갔다. 통장을 들여다보니 이 돈 저 돈 조금씩 들어오는 통장이 세 개였고 금액을 합치니까 삼백 수십만 원이 들어 있었다. "할마씨야, 돈 모아놓지 말고 맛있는 거 사묵고 하라카이"라고 하니 "내 기럽은(부족한) 거 하나도 없다" 하는 것이었다. 통장을 엄마한테 돌려주고는 집으로 돌아오는데 참 묘한 기분이 들었고 '우리가 더더욱 잘 해야 되겠구나'라는 생각으로 마음이 무거워졌다.

인간차별과 인간성

　나의 단점도 부지기수일 텐데 다 나열하기에는 쑥스럽고, 나도 노력을 좀 해 보지만 그 순간은 되고 잘되지 않아서 넋두리해 본다. 우리는 살아가면서 여러 부류의 사람들을 만나게 된다. 사회적 판단 기준으로의 부류라면 얼마나 성공했냐가 될 것이다. 돈이 많든 직위가 높든 여기에는 나는 별로 관심이 없다. 돈이 아무리 많아도 내게 줄일 없고 높아 본들 내 직위가 아니다. 사회적 잣대로의 높고 낮음을 나는 인간차별이라 하고, 개인의 성향, 다시 말해 뻔뻔하고 뺀질거리고 궂은일 할 때에는 도망가고 돈 내는 시점에는 미꾸라지처럼 쏙 빠지고 말로는 잔치를 하는 사람을 인간성이라고 구분해서 혼자 생각한다. 구분한다는 게 참 모호하다. 인간차별은 외적인 판단이고 인간성은 내적인 판단이라고나 할까? 인간차별 하는 사람은 아첨과 무시로 일관한다. 자신을 기준으로 더 나은 사람에게는 희생을 감수하고도 같이 어울리려 하고, 그러면서 그 사람의 신분으로 상승된 줄로 착각한다. 술을 따를 때에도 나이와는 무관하게 상대의 신분에 따라 두 손으로 공손하냐 한 손으로 불손하냐로 구분되는 것을 보게 된다. 인간성을 느끼기에는 다소의 시간이 필요하다. 나는 인간차별은 안 하려고 노력하지만, 인간성이 거슬리면 갈구려 한다. 이런 것들을 내 판단 기준으로 해석해서 나를 피곤하게 한다. 한번은 친구들과 어울려 놀다가 한 친구와 단둘이서 여관방에 자야 하는 신세가 되었다. 여관방 카운터에 도착하자 친구는 내 뒤에 멈춰 섰다. 나도 네가 계산을 하라며 뒤로 물러났다. 앞서거니 뒤서거니를 여러 번, 결국은 친구가 카드를 꺼냈다. 왜 이렇게까지 했냐 하면 평소에 여러 차례 경험했는데 돈을 내는 경우는 보지를 못했다. 그런데도 아는 것은 얼마나 많은지 목소리는 대단하다. 단순히 돈만을 뜻하는 것은 아니다. 이 이야기를 나를 잘 이해해주는 친구에게 말해주었더니 "야, 인마, 보는 눈은 비슷하지만, 그냥 봐라. 니가 고칠 수 있니?"했다. 맞는 말이다. 내가 뭐라고 남을 판단해서 잘잘못을 따진다고, 성숙하려면 나는 아직도 갈 길이 먼가 보다.

세상이 아름다운 것은 삼라만상이 있어서이고, 비빔밥이 맛있는 것은 섞였기 때문이라 했거늘. 그렇다. 마하리시 성자의 말처럼 있는 그대로를 사랑하도록 마음을 다져보자.

가치의 기준은?

　'아이고, 무자식이 상팔자지, 가지 많은 나무 바람 잘
날 없다.' 이런 말들을 부모님으로부터 수없이 듣고 자랐
다. 어느 가정인들 '10점 만점에 10점'으로 살아가는 모습
은 찾기가 쉽지 않을 것이다. 심한 경우 화가 날 땐 '너랑
연을 끊고 싶다'란 말까지도 한다. 부부간에도, 부모·자식
간에도 자신이 바라는 대로 되지 않는 것이 현실이다. 그
러나 이겨내며 시간이 흐르다 보면 울이 되고 담이 되는
것 또한 사실이다. 친구들의 부류 중에 사회적으로는 웬만
큼 성공을 거뒀지만, 가정적으로는 깨어져서 재혼을 했거
나 혼자서 살아가는 친구들이 더러 있다. 내가 한마디 했
다. "너거는 성공했잖아?"라고 말을 하니 바로 되받아친
다. "야, 이 XX야, 니가 일등이지" 한다. 아마도 가정의 소

중함을 우회적으로 표현한 말이 아닐까 싶다.

＊＊＊ 30대 초반 때의 이야기다. 천주교에 '레지오 마리애'라는 회합 단체가 있다. 우리는 일주일에 한 번씩 만나서 기도를 드린다. 우리끼리의 말로 1차 주회(기도), 2차 주회(놀이), 심한 경우 3차 주회(기타)도 있다. 2차 주회를 열심히 하다 보면 1차 주회 때도 2차 주회가 기다려진다. 우리는 2차 주회로 카드놀이를 많이 했다. 그러면 일부를 떼어, 먹고 놀 돈을 마련한다. 시간이 흘러 떼어 놓은 돈이 꽤나 많아졌다. 한 사람이 "오늘 3차 어때요?"라고 말을 하자 다들 기다렸다는 듯 "좋아"가 터져 나왔다. 3차인 노래방을 가게 되었다. 술과 안주가 들어오고 누군가가 몰래 도우미 2명을 불렀다. 갑자기 도우미가 들어오자 내 옆에 있던 한 교우가 손가락에 끼고 있던 묵주반지를 슬그머니 빼서 호주머니에 넣으며 "주님, 한 시간만 편안히 쉬시이소"라고 말을 하는데 노래방은 폭소가 터지며 한바탕 웃음바다로 변해버렸다. 나는 조심스럽게 이렇게 생각해 봤다. '놀고 싶은 욕망 속에서도 주님만은 욕되게 하지 않으려고'라고. 그리고 아직은 자신의 욕망을 이겨내기에는 많이 부족함을 깨닫는다.

＊＊＊ '봉사'를 필요로 하는 곳이 살펴보면 주위에 많이 있다. 봉사에는 여러 가지가 필요하겠지만 기본적으로 몸, 돈, 말이 아닐까 생각해본다. 우리는 달란트란 말을 자주 쓴다. '나의 달란트로는 이것을 받은 것 같고, 너는 저것을 받은 것 같다'라며 흔히들 이야기한다. 사람에 따라 받은 달란트는 적기적소에 맞게끔 달리 주어졌으리라 생각된다. 하드웨어적이든 소프트웨어적이든 아무나 할 수 없는 특별한 재능, 또는 금전적으로의 봉사는 갖추어진 사람만이 가능할 것이다. 그러나 한번쯤 생각을 더 해 보면 어떨까? 풀 뽑고, 빗자루 들고, 쓰레기 치우고, 의자 나르는 데도 달란트가 필요한 것일까?

＊＊＊ 약속은 철저히 지키려 노력한다. 처음부터 길게 잡거나 자신이 없으면 번개팅을 선호한다. 심지어는 동식물과의 약속마저도 지키려고 신경을 쓴다. 그런데 잘 안 되는 게 약속시간이다. 나는 '바쁘다'란 말보다는 '시간이 안 맞다'란 말을 좋아한다. 통상적으로 약속시간이 정해지면 10분 전쯤에는 도착해야 하는데 늦는 경우가 많아 고치려고 노력을 하지만 못된 버릇으로 잘되지 않는다. 이 시점을 시작으로 고칠 것을 재다짐해본다.

복지 일을 하면서

　봉사자들의 면면을 보면 오히려 자기 자신이 보호받아야 할 처지인 경우가 더 많은 것처럼 느껴진다. 처지가 나은 사람들은 다 어디로 갔을까? 자신이 어려움을 겪어보지 않아서 모르는 것일까? 아니면 나하고는 상관없는 남의 일인 것일까? 무엇이든 공짜로 주어지는 법은 없다. 내가 베푸는 사랑, 내가 희생한 일들이 다 자식들의 밑거름이 되고, 더 나아가 그 자식들이 보고 느끼면서 효도의 길로 이어진다는 것을. 복지 일을 한다니 거창한 말로 들릴 수 있는데 그게 아니다. 일 년에 몇 차례 특별한 날 음식이나 물품 조금 전달하고 거동이 불편한 어르신들 중식 배달하고, 이것도 각자는 일주일에 한 번꼴이다. 특별히 지난봄에 전세버스를 얻어 복지대상 어르신들을 모시고 봄나들이를 간 적이 있다. 외부로 나갈 때에는 사실 신경이 좀 쓰인다. 나들이를 마치고 성당에 도착할 때쯤 한 할머니가 내 호주머니 속으로 손을 불쑥 들이밀었다. 끄집어내보니 만 원짜리 지폐였다.

"할매, 이거 뭡니껴?"
"정이지. 오늘 욕봤다. 가면서 맛있는 거 사무라."

주고받기로 옥신각신하면서 내 가슴이 찡해지고 피곤함을 이 정이란 게 훔쳐가 버렸다. 반대의 경우도 있다. 우리는 공평하려고 회의도 하고 노력을 한다. 그런데도 자기는 덜 주는가 생각하고 수소문을 한다거나 '좀 더 받을까' 하고 꾀를 부리는 사람도 있다. 이럴 때 나의 못된 습성이 나타난다. 겉으로는 표시를 내지 않지만, 나의 웃음이 자연적인지 인위적인지 다르다는 걸 느끼게 된다. 아내가 나한테 자주 하는 말이 생각난다. '밴댕이 소갈딱지 속'이라고.

＊＊＊ 복지대상 할머니가 있다는 말을 듣고 초기면접 조사를 하게 되었다. 집에 도착해보니 집이며 모두가 너무

나도 어려워 보였다. 이것저것 물어보지만, 대답도 잘 하지 않으려 했다. 시간이 좀 지나고 마음의 문이 조금씩 열리기 시작했다. 의외의 이야기를 들을 수 있었다. 무자식에 홀로 살고 있으며 부동산이 중산층급이었다.

"할매, 하나씩 팔아서 편하게 생활하이소."
"안 되구마, 팔면은 형제들이 바로 뺏아가요."
"많은데 좀 뺏기면 어때요?"
"어림도 없지. 저거가 내한테 뭐 한 게 있다고."
"나중에 할매 죽고 나마 누구 줄라고요?"
"내가 지금 국가에서 주는 걸로 묵고사이 국가에 줄끼다."

그러고는 우리에게도 한마디 했다.

"앞으로는 찾아오지 마소."

우린 이런 생각이 들었다. '우리마저도 형제에게 응어리진 마음에 뭔가를 뺏어가려고 왔다'는 생각을 하고 있는 것 같아 마음이 몹시 아팠다.

세상 끝 날에

마지막 장을 쓰면서, 내 자식들에게 먼저 한마디 하고 싶다. 잘 살기를 바라는 마음이야 이루 말이 필요 있으랴. 지금도 너네들이 살아가는 모습을 보면 대충 짐작이 간다. 아버지는 이보다도 더더욱 바라는 것이 있다. 너거 세 놈이 우애 있게 지내는 것이다. 현재 너거 지내는 모습 너무너무 보기 좋다. 쭈~욱 이어지기를……(지금 애비가 눈물을 흘리는 중이다). 이렇게 강조하는 이유도, 우애 있게 지내는 방법도 누누이 이야기해서 더 이상의 설명도 필요 없지 싶다. 엄마, 아빠도 이 역할만큼은 무엇보다도 우선해서 노력할 것이다. 이 글을 마무리하면서 평소 생각날 때마다 적어놓은 자료들을 한 줄 한 줄 그으면서 정리를 하며 훑어보니 줄이 그어지지 않은 부분이 상당히 보인다. 사사로워서 넘어간 것도 있겠지만 글로 옮길 수 없어서 못 적은 내용이 많은 것도 사실이다. 유혹에 넘어지기도 하고 욕망을 못 이겨 자빠지기도 했다. 일부러 속이지는 않았지만, 상대의 실수가 나에게 이익이 될 때에는 모른 척한 적도 있다. 그래도 친구들과 노는 중에 도망도 잘 친다. 재미있게 놀다가도 욕망을 나 스스로 이겨내기에는 힘이 든다 싶으면 대리를 불러 차를 타고 집으로 가면서 '아이고, 착한 놈' 하고는 내 엉덩이를 수없이 때리며 집에 도착한다. 아내에게 도망쳐 온 내용을 약간 설명을 하면 아내는 나에게 꼭 하는 말이 있다. "어요, 나 때문이 아니잖아요. 나야 속일 수 있겠지만……" 하며 핀잔인지 칭찬인지 구시렁거린다. 나는 이런 생각을 해 본다. 세상 끝 날에 '나는 너를 이토록 사랑했는데 너는 내 가슴을 이렇게도 아프게 하였구나. 그러나 네가 나를 생각하며 이겨내려는 마음을 알기에 엉덩이 탕탕 맞고는 이리로 들어오너라'라는 분부가 내려지기를 간절히 희망해 본다.

감사의 글

책은 그나마 조금 읽었다고 생각하지만 이렇게 긴 글을 써보기는 처음이다. 글을 쓴다는 것은 자기 피를 펜촉에 찍어서 쓰는 작업이라고 들었다. 이처럼 어렵게 마지막 장을 쓰고 나면 기분이 좋아야 할 텐데 오히려 기분이 허전하다.

왜인지는 나도 모르겠다.

1장을 써내려갈 때에는 창피해서 포기하려고도 몇 번이나 마음먹었다. 그러나 지나간 일이라 여기고 스스로 용기를 북돋우었다.

자료를 수집할 때에는 생각날 때마다 한 줄씩 적어도 별 느낌도 없었다.

그런데 이 자료들을 풀어쓰면서 내 마음은 동요하기

시작했다.

당시의 생각들로 가득 차며 웃을 일도 있었지만, 특히 힘든 시점에서는 나도 모르게 눈시울이 붉어지며, 누군가 볼까 봐 얼른 수건으로 훔치고는 가슴으로 써 내려갔다.

절반 이상을 썼을 때에는 좀 읽어 봐 달라고 부탁도 많이 했고, 무슨 말이 돌아올지 궁금도 했다.

다행히도 하나같이 힘이 나는 말을 해 주었다.

평소에도 메모하는 습관이 좀 있다. 여행을 마치고 돌아와서 메모지를 정리해보면 두 번의 여행 효과를 맛볼 수 있다.

어느 작가의 글에서 '만약 이 세상에 다시 태어날 수 있다면 당신은 태어날 것인가? 말 것인가?'라는 대목을 읽은 기억이 난다. 정말 어려운 질문이다.

나는 이렇게 대답하고 싶다.

'인생의 전반기와 후반기로 두 번 살고 있다'라고.

삶이 너무나도 다르기에.

보잘것없는 내가 이렇게라도 완성할 수 있다니, 도와주신 모든 분께 진심으로 감사 인사 올립니다.

서재윤 올림

———————로 삶을 편집하다

초판 1쇄 발행 2020년 2월 15일

지은이 서재윤
발행처 예미
발행인 박진희

편집 이정환
디자인 김민정

출판등록 2018년 5월 10일(제2018-000084호)

주소 경기도 고양시 일산서구 중앙로 1568 하성프라자 601호
전화 031)917-7279   팩스 031)918-3088
전자우편 yemmibooks@naver.com

ISBN 979-11-89877-18-7 (03810)

이 도서의 국립중앙도서관 출판예정도서목록(CIP)은 서지정보유통지원시스템 홈페이지
(http://seoji.nl.go.kr)와 국가자료공동목록시스템(http://www.nl.go.kr/kolisnet)에서
이용하실 수 있습니다. (CIP제어번호 : CIP2020003439)